톱스타
이건우

톱스타 이건우 5

크레도 장편소설

초판 1쇄 찍은 날 § 2017년 12월 19일
초판 1쇄 펴낸 날 § 2017년 12월 26일

지은이 § 크레도
펴낸이 § 서경석

총괄팀장 § 최하나
편집책임 § 이선근
편집 § 김슬기

펴낸곳 § 도서출판 청어람
등록번호 § 제387-1999-000006호
등록일자 § 1999. 5. 31
어람번호 § 제1-2816호

주소 § 경기도 부천시 부일로 483번길 40 서경B/D 3F (우) 14640
전화 § 032-656-4452 팩스 § 032-656-4453
http://www.chungeoram.com
E-mail § chungeorambook@daum.net

ⓒ 크레도, 2017

ISBN 979-11-04-91579-6 04810
ISBN 979-11-04-91462-1 (세트)

크레도 장편소설
FUSION FANTASTIC STORY

톱스타 이건우

5

도서출판 청어람

Contents

1. 나비효과

건우는 정규 앨범에 들어갈 곡을 선별하고 내년 하반기를 목표로 한 시나리오를 검토했다. 거액의 출연료를 조건으로 한중 합작 영화의 제의가 들어오기는 했다. 그러나 마음이 끌리지는 않았다.

아름다운 모든 것들은 아주 순조롭게 정상을 유지하고 있었다.

얼마 전 유진렬의 음악노트를 나간 것 외에는 활동을 하지 않고 있어 순위권에서 떨어질 줄 알았다. 하지만 아슬아슬하게 1위를 유지하더니 지금은 오히려 2위와의 격차가 더

커지고 있었다.

다른 소속사에서는 건우를 피해가자는 움직임이 커져가고 있을 정도였다.

덕분에 데뷔가 늦어지거나 컴백이 늦어진 가수들도 있었다.

건우의 아름다운 모든 것들은 갑작스럽게 음원 판매, 스트리밍 조회 수가 오르는 것이 아니었다.

물론 건우의 인지도 때문에 처음에는 어느 정도 먹고 들어갔지만 그 이후에는 계속 꾸준히 상승했다.

작은 눈덩이가 큰 눈덩이가 되는 것처럼 발매한 순간부터 지금까지 아주 꾸준하게 상승세였다.

마치 마약 같아서 한 번 들을 때는 그저 좋다는 반응이었지만, 두세 번 듣다 보면 치유되는 기분, 위로가 되는 느낌을 받아 계속해서 듣고 싶어졌다.

불면증이 심했는데, 밤에 틀어놓고 자면 꿀잠을 잔다는 후기까지 올라오고 있었다.

사람들 사이에서는 건우의 아름다운 모든 것들이 아름다운 마약, 줄여서 '아마'라고 불렸다.

마약은 심한 중독을 초래하며 정신과 육체에 부정적인 영향을 끼쳤지만 건우의 노래는 아니었다.

중독 현상이라 부르기에는 애매했고 오히려 정신적으로는

대단히 좋은 효과를 불러오고 있었다.

특히 다이버 톡톡에 올라온 한 글이 화제가 되었다.

제목: 그 까칠했던 부장님이…….

편의상 음슴체로 씁니다.

본인은 이제 3년 차 직장인임.

진짜 입사할 때부터 부장님이 개까칠했음. 막 괴롭히거나 그러는 건 아닌데 신경질적이고 히스테리가 장난 아님. 동기들은 다 싫어했음.

뭐만 하면 눈치 겁나 줌ㅋㅋ. 아는 사람은 알 거임. 가만히 있는데 막 쳐다보고 있다는 게 느껴짐. 뒤통수 겁나 아픔ㅋㅋ.

회식 자리에서 신입 갈구고 꼬장 부리는 거 극혐이었는데, 암튼 내가 커버해 줌. 나도 존나 호구임ㅠㅠ.

그러다 막차 놓쳐서 개빡쳤는데, 마음의 안정을 시키려고 이어폰 끼고 노래 들음.

건우신 이번 노래 진짜 갓갓갓임. 이걸로 최근 한 달 정도 힐링하며 버텼음.

그냥 잠 안 올 때 들어도 잠 잘 옴ㅋㅋ.

아오, 근데, 부장님이 자꾸 뭐라 하길래, 입 좀 막으려고 같이 노래 들음.

ㅋㅋㅋ근데, 다음 날에 누구 노래였냐고 묻더니 사무실에서 맨날 건우신 노래만 들음ㅋㅋ.

어느새 대표님도 핸드폰 벨 소리로 해놓음ㅋㅋ.

마치 무슨 협정이라도 맺은 것처럼 사무실에 평화가 찾아왔음. 뭐, 얌전해지니 귀엽더라.

진짜 무슨 마취제인 줄ㅋㅋ.

아무튼, ㅋㅋ저번에 유진렬 뮤직노트 방청 티켓ㅋㅋ. 사내 커플로 신청했는데 당첨돼서 부장님이랑 같이 보고 옴.

[사진 첨부. 방청 티켓.jpg]

[커플링 인증.jpg]

아, 나중에 후기 올림.

이모몬: 아… 극혐. 발암글 예상했는데, 진짜 다른 의미로 발암이네.

평생솔로: ??? 미친?

바다용: ?????

죽창맛: 뭐? 커플?

녹차맛캔디: 내가 뭘 본 거지?

화난개구리: 이거 주작임, 아무튼 주작임.

눈치남: 성지순례 왔습니다.

후기까지 올라왔는데, 둘이 잘 연애하고 있다고 한다. 건우가 이어준 커플로 라디오 방송에까지 소개되어 한동안 화제가 됐었다.

건우의 귀에까지 들어갔는데, 건우는 자신의 팬카페에 만약 저 둘이 결혼하면 자신이 가서 축가를 불러주겠다고 공약했다. 나름 훈훈한 사건이었다.

그렇게 훈훈한 분위기 속에서 아름다운 모든 것들이 성공적인 결과를 남기며 마무리되는가 싶었다.

활동 없이 4주간 음악 방송의 1위 자리를 지켰지만, 다른 가수들이 타이밍 좋게 들어와서 1위 후보 밖으로 밀려났다. 방송 활동 부분에서 득표를 하지 못해 손해를 본 이유가 컸다.

그럼에도 건우, 그리고 YS 모두가 만족할 만한, 아니, 만족하고도 남을 결과였다. 첫 시작을 더할 나위 없이 화려하게 장식했으니 말이다. 이제 정규 앨범으로 만루 홈런을 칠 일만 남았다.

그러나 아직 끝이 아니었다.

변수는 지구 반대편에서 시작되었다. 처음에는 분명 나비의 작은 날갯짓이었을 것이다.

*　　　　　*　　　　　*

에란 로비는 유명한 여배우이다.

10대에 B급 좀비 영화로 데뷔해 우연히 잭 니콘 감독의 눈에 띄어 데뷔한 지 2년 만에 액션 영화 '퓨리 앤 뷰티'에 주연으로 출연했다.

퓨리 앤 뷰티에서 보여주었던 그녀의 몸매는 많은 남성들의 마음을 설레게 했다.

흥행도 성공했고 연기력을 인정받아 많은 인지도를 쌓을 수 있었다.

미녀 여배우를 꼽으라면 그녀의 이름이 꼭 거론되었다.

이번에 블록버스터 영화에 캐스팅되어 본래는 올해 말부터 촬영에 들어갈 예정이었지만 불미스러운 일로 연기가 되었다.

그녀가 캐스팅된 작품은 3부작으로 제작될 판타지 장르의 영화였다.

영국에서 선풍적인 인기를 끌었던 진 렌킨스의 판타지 소설 '골든 시크릿'이 원작이라 시나리오는 물론 출연 인물들까지 매력이 넘쳤다.

치열한 오디션을 뚫고 캐스팅되었을 때는 그야말로 하늘을 날아가는 기분이었다.

6대 메이저 스튜디오 중 하나인 라인 브라더스에서 제작

및 배급을 했고, 크리스틴 잭슨 감독이 메가폰을 잡을 예정인 '골든 시크릿'은 최고의 기대작이었다.

각본에는 질번 시스터즈가 참여해 더욱더 기대를 모으고 있었다.

문제는 캐스팅이 완료되고 나서였다. 주연은 아니지만 조연 중 가장 비중이 컸던 '요정왕 헬멘스'의 배역에 캐스팅된 레이먼 진스가 약물복용으로 뇌사 상태에 빠져 버렸기 때문이다.

레이먼 진스는 미국에서 가장 잘생긴 배우로 손꼽히는 인물이었다.

제작사인 라인 브라더스와 크리스틴 잭슨 감독은 생각할 필요도 없이 요정왕 헬멘스의 배역으로 레이먼 진스를 캐스팅했다.

불륜, 마약 등 여러 논란이 있는 배우였지만 연기력과 비주얼 하나만큼은 모두가 인정하는 배우였기 때문이었다.

"후……."

그게 시작이었다.

레이먼 진스의 출연이 불가능해지자 크리스틴 잭슨 감독은 다른 배우를 찾으려 했다.

하지만 라인 브라더스에서는 이참에 중국 배우를 캐스팅하자고 제의했다. 중국 시장은 대단히 거대해서 신경을 쓰지 않을 수 없었다. 그러나 크리스틴 잭슨 감독은 이에 대놓고 반발했다.

인종차별적인 이유는 절대 아니었다.

원작에서 요정왕은 엘프의 상징과도 같은 존재였다.

사건과 사건을 이어주고, 주인공에게 중요한 계기를 주는 캐릭터였다.

주인공은 아니었지만 원작 팬들의 인기투표에서 1위를 차지할 정도로 인기가 많았다. 때문에 완벽한 비주얼이 있어야 했다.

그러면서도 권위가 느껴져야 했다. 캐스팅에 각별히 신경을 쓰면서 배우를 물색하고 있었는데 갑자기 중국 배우로 넣자고 하니 당연히 반발할 수밖에 없었다.

캐스팅된 주연급 배우들도 반발하고 있었다.

다 원작에 애정이 있어서 조건을 다소 낮추더라도 출연을 결정했던 것이었는데 원작이 훼손될 위기에 처하니 반발하지 않을 수 없던 것이다.

코믹북으로도 나와 많은 팬들을 거느리고 있는 것이 바로 '골든 시크릿'이었다.

SF계에서 유명한 유니버스 워즈와 갤럭시 트랙에 비할 만큼 팬층이 굳건했다.

그런 소식이 은근슬쩍 팬들에게 흘러가자 원작 팬들이 들고 일어났다.

그럼에도 라인 브라더스의 수뇌부들은 의견을 굽히지 않고 있었다.

최근 연이은 흥행 실패로 반드시 상업적으로 성공시켜야만 하는 영화였다.

수뇌부들은 차라리 배우가 가사 상태에 빠진 것을 잘되었다고 생각할지도 몰랐다.

그런 사고가 일어나지 않고 기존 캐스팅대로 갔더라도 캐스팅 조정을 했을지도 모르는 일이었다.

아무튼 라인 브라더스에서는 감독 교체까지 염두에 두고 있다는 말까지 나오는 상황이었다.

'내년에 결정될까?'

출연 배우가 가사 상태에 빠지기도 했고 캐스팅 일도 있고 하니 내년 봄쯤 되어봐야 정확한 일정이 나올 것 같았다.

그것까지는 어쩔 수 없는 일이라 생각했는데, 그녀를 괴롭히는 것은 따로 있었다.

바로 말도 안 되는 찌라시였다.

'하아.'

그녀는 한숨을 내쉬었다. 고운 미간이 찌푸려졌다.

<에란 로비, 크리스틴 잭슨 감독과 불륜?>
<크리스틴 잭슨 감독의 이혼은 에란 로비 때문?>
<에란 로비! 가슴 축소 수술을 받다>

일약 스타가 되면서 파파라치가 지겹게 따라붙고는 했다. 거의 사생활을 할 수 없을 정도였다.

언론의 자유를 보장하는 미국에서는 거의 숙명 같은 일로 받아들여지고 있었다.

크리스틴 잭슨 감독과 가볍게 식사를 한 것일 뿐이었는데, 불륜설까지 나돌고 있으니 머리가 아파왔다.

고소로 대응하기는 했지만 이런 가십거리는 쉽게 가라앉지 않았다.

머리가 아파 잠도 잘 안 오고 스트레스성 탈모까지 올 지경이었다.

차라리 자신에게 아무 관심도 없었던 예전이 더 행복했던 것 같기도 했다.

배우를 하면서 가장 힘든 시기가 지금일지도 모른다는 생각을 할 정도였다.

"하아."

그녀는 한숨을 쉬며 스마트폰을 들었다. 외부에도 안 나가고 있는 지금 유일한 소통 창구는 SNS였다. 페이스클럽에 들어가 여러 글들을 확인했다.

'응? 그녀가 글을 남겼다고? 웬일?'

배우는 아니었지만 에란 로비가 선망하는 대상이었고, 롤모델이기도 한 그녀가 모처럼 글을 남긴 것을 보았다. 공식적인 발표 외에 사적인 이야기를 거의 남기지 않았는데, 기이하게도 어떤 영상을 링크해 놓았다.

그녀는 일단 관성적으로 좋아요를 누르고 링크를 따라가 보았다.

미튜브와 바로 연결되었는데, 처음에는 회사의 광고인 줄 알았지만 뮤직비디오라는 것을 깨닫는 데 그리 오래 걸리지 않았다.

'어느 나라 언어지?'

그녀는 고개를 갸웃했다. 잠시 생각해 보니 한국인 것을 알 수 있었다.

한국에는 관심이 없었지만 케이팝이라는 것은 그녀도 알고 있었다.

그녀도 음악에 당연히 관심이 있었다.

소녀 때는 저스틴 틴버를 좋아했지만 지금은 발라드를 즐겨 들었다.

조금은 퉁명스러운 표정으로 스마트폰 화면을 바라보았다. 평소 같았으면 시간 낭비라 생각했겠지만 지금은 남는 것이 시간이었다.

그녀의 귀가 쫑긋했다.

상당히 아름다운 전주였다. 조금은 흥미를 가지고 스마트폰을 바라보았다.

음악이 흐르면서 침대에 앉아 있는 남자의 얼굴이 선명해지자 그녀의 눈동자가 커졌다.

꿈에서나 나올 법한 남자였다.

머리부터 발끝까지 완벽이라는 단어밖에 생각이 나지 않았다.

동양인이라는 틀, 또는 편견이 전혀 떠오르지 않을 정도로 인종을 초월한 아름다움을 지니고 있었다. 오히려 쉽게 범접할 수 없는 신비스러운 분위기가 흘러 더욱 특별하게 다가왔다.

'CG인가?'

CG치고는 너무 자연스러웠다.

남자가 의자에 앉아 노래를 부르는 순간 실존하는 인물임을 깨달을 수 있었다.

너무 달달한 목소리였다.

마치 꿀이 귀를 통해서 들어가 뇌를 적시는 듯한 기분이 들었다.

끈적한 늪에 빠져 코까지 잠긴 것처럼 한순간 숨이 막혀

왔다.

그러나 그것이 전혀 괴롭지 않았다.

오히려 온몸으로 퍼지는 따스한 기분에 마음이 편해졌다. 언어가 다르기에 무슨 말인지 알 수는 없었지만 마음의 경계가 허물어지고 따듯한 기분이 되어가고 있었다.

그녀는 노래가 끝날 때까지 멍하니 스마트폰을 바라보았다.

"와… 좋다."

멍하니 손을 가져가 다시 재생을 눌렀다.

처음에는 남자의 모습에 눈을 빼앗겼지만 이제는 목소리에 귀를 빼앗겼다.

정신을 차리고 보니 이어폰을 연결해 몇 번이고 돌려본 자신이 존재했다.

미튜브의 자막을 켜보니 영어로 친절하게 번역이 되어 있기까지 했다.

가사를 이해하니 더더욱 노래가 가슴에 와닿았다.

극심했던 스트레스가 풀리는 느낌이 들었다. 긴장되었던 몸이 풀려 나른해지고 온몸이 노곤했다.

정신과 상담을 받아야 할까 고민할 정도로 극심했던 두통이 서서히 가라앉았다. 거의 삼십 분째 반복해서 들었는데도 질리지가 않았다.

그녀가 감았던 눈을 떴다.

세상이 다르게 보였다. 커튼 사이로 들어오는 햇빛이 귀찮기만 했었는데 낭만적으로 보였고 짜증 났던 민트색 벽지도 귀엽게 느껴졌다.

그녀는 침대에 누워 건우의 노래를 들으며 상기된 얼굴로 SNS를 켰다.

이런 말도 안 되는 건 공유해야 했다. 그녀의 페이스클럽을 팔로우한 많은 이들에게 알려주고 싶었다.

에란 로비
이게 진짜 힐링.
하느님 맙소사! 난 이제 벗어날 수 없어.
[영상 링크 '이건우 아름다운 모든 것들MV']

그녀는 그렇게 올리고는 침대에 그대로 누워 눈을 감았다.

이 노래를 부른 남자에 대해서 알아보고 싶은 욕망이 솟구쳤지만 지금은 이런 평화로운 기분을 계속 누리고 싶을 뿐이었다. 그러다 보니 어느새 잠이 들어 다음 날이 되어야 일어날 수 있었다.

오랜만에 느끼는 개운한 기분에 기지개를 펴고 스마트폰

을 바라보았다.

알림이 굉장히 많이 와 있었는데, 하룻밤 사이 좋아요의 숫자가 엄청나게 많아졌다.

"응? 감독님?"

크리스틴 잭슨 감독에게 메시지가 와 있었다.

그와 꽤 친분이 있었지만 사적으로 연락을 많이 하는 사이는 아니었다.

SNS에서 꽤 친한 척을 한 것이 루머의 발단이 되었기에 연락을 더 안 하게 되는 것도 있었다.

일단 그녀는 메시지를 확인해 보았다.

잭슨 감독: 정말 환상적이군! 로비 양, 혹시 이자와 친분이 있나?

잭슨 감독: 오! 루글링을 해보니 배우였네! 꽤 인지도가 있는 배우야!

잭슨 감독: 오, 맙소사! 그가 나의 요정왕이야! 그 자체라고!

크리스틴 잭슨 감독의 SNS 계정에도 그 영상이 링크되어 올라와 있었다.

크리스틴 잭슨

다 끝났어! 완벽해!

[영상 링크]

좋아요: 96,312

댓글: 13,242

크리스틴 잭슨 감독 정도로 영향력 있는 사람이 극찬을 하니 순식간에 퍼져 나가는 건 당연했다. 그게 연쇄 작용이 되었는지 크리스틴 잭슨 감독의 예전 작품에 나왔던 배우들도 하나둘 SNS에 감상평을 올리기 시작했다.

'배우라고 했지?'

크리스틴 잭슨 감독의 메시지가 기억났다. 그녀는 루글에 접속해 찾아보기 시작했다.

유명한 배우인지 바로 나왔다. 관련된 드라마부터 활동 내용까지 전부 알아볼 수 있었다.

드라마는 두 편 찍었고, 노래와 관련된 예능 활동도 있었다. 그녀가 봤던 건 이번에 낸 디지털 싱글 앨범의 뮤직비디오였다.

'봐야겠어.'

드라마 스틸 컷만 보더라도 안구가 정화되는 느낌이었다. 그녀는 바로 노트북을 켜고 다운을 받았다.

서양권에서도 꽤 알려져 있는지 영어 자막까지 찾을 수 있었다.

다운받는 중에 궁금해서 리뷰를 찾아보니 극찬 일색이었다.

'낚시는 아니겠지?'

그녀는 배우이니만큼 날 선 비판을 할 각오가 되어 있었다.

그녀는 '별을 그리워하는 용' 1화를 재생했다.

그 순간부터 그녀의 일상이 삭제되어 버렸다. 순식간에 입덕해 버리고 만 것이다.

지구 반대편에서 일어난 소소한 날갯짓이었다.

*　　　　　*　　　　　*

정규 앨범은 순조롭게 작업되고 있었다.

싱글 앨범 성공에 굉장히 고무된 YS는 전무후무한 역대 최고의 앨범을 만들겠다며 투자를 아끼지 않았다.

본래 계획보다 더 과하게 집중된 감도 있었다.

YS의 전 작곡가 라인업을 달달 볶고 있었다. 재미있는 것은 작곡가들이 서로 건우에게 곡을 주기 위해 대기하고 있다는 점이었다.

컨셉은 가왕이었다.

건우의 모든 역량을 보여줄 수 있는 곡들로 채워질 예정이었다.

린다가 건우만 부를 수 있는 곡들로 채워 넣자고 건의했더니 석준이 엄지를 치켜들었다.

곡이 어렵다고 좋다는 건 아니었지만 건우가 부르면 뭐든다 좋을 거라는 믿음이 있었다.

물론 강약을 조절하기 위해 쉬어가는 곡들도 넣을 예정이었다. 그런 곡들은 건우가 작곡한 것이 대부분이었다. 곡의구성에 있어서 린다와 석준의 개입이 많은 것은 공동 작곡으로 올릴 예정이었는데, 두 곡 정도는 건우의 온전한 곡이었다.

건우는 집을 계약하고 이사 준비 겸 휴식기에 들어갔다.표면상으로 휴식기라고 해도, 실상은 거의 사옥에 살다시피했다.

당장의 활동보다는 더 나은 미래를 위해 공부에 매진했다. 작곡, 악기, 그리고 연기 공부뿐만 아니라 영어 공부에도 힘을 썼다.

그래도 CF는 꾸준히 찍었고 가끔은 초청 행사에도 다녀왔다. 아름다운 모든 것들의 라이브 공연은 행사를 통해 틈틈이 가졌다.

건우는 텅 빈 거실에서 육체를 단련하고 있었다.

건우가 나가면 그가 쓰던 숙소는 연습생들이 쓸 예정이었다.

이미 건우의 짐은 사옥으로 옮겨놓은 상태였다.

'나도 성공하긴 했네.'

1년 전의 건우와 지금 건우의 통장 잔고는 하늘과 땅 차이였다.

분명 엄청난 신분 상승이었다. 아직까지는 크게 실감이 나지 않기는 했지만 하나둘 꿈꿨던 것들을 살 수 있게 되니 돈의 위력을 느끼는 중이었다.

건우는 많이 무리를 해서라도 단련할 공간이 있는 주택으로 이사를 갈 예정이었다.

언제쯤 내 집을 마련할 수 있을까 하고 고민했던 것이 바로 어제 같았다.

대출을 끼기는 했지만 정말 만족할 만한 집을 구매할 수 있었고, 대출 금액도 정산받는 금액으로도 충분히 해결할 수 있었다.

'차를 살까?'

돈 버는 맛이 느껴졌다.

하나씩 바꿔가는 재미가 있었다. 그러나 그의 생활은 그다지 변한 것이 없었다.

값비싼 시계를 산다거나 유흥에 투자한다거나 하는 것은 취향에 맞지 않았다.

그래도 차 정도는 괜찮은 걸로 구매할 의향이 있기는 했다.

스포츠카 같은 것보다는 SUV가 건우의 취향이었다. 무림인으로서의 취향이 있다 보니 튼튼하고 파워가 강한 것이 좋았다.

수납공간도 많고 말이다.

'일단 암기나 화살에 안 맞을 것 같잖아?'

건우는 피식 웃으면서 고개를 설레 저었다.

건우는 잡생각을 지우고 몸을 움직였다.

내력이 운용되고 있는 움직임은 인간의 한계를 훌쩍 뛰어넘고 있었다.

감정의 힘으로 모은 내공은 굉장히 순수했다. 그러면서도 파괴적인 면모가 있었다.

그것은 감정의 변화와 비슷했다.

건우는 샤워를 하고 스마트폰을 바라보았다. 이사 준비로 바빠 제대로 확인을 안 해서 그런지 배터리가 나가 있었다. 충전을 하고 켜니 부재중 통화와 여러 개의 톡이 와 있었다. 늘 그랬으니 별로 대수롭지 않았다.

'그리고 보면 늘 이런 타이밍에 놀랄 만한 소식이 있던데.'

'달빛 호수', 그리고 디지털 싱글 앨범이 나왔을 때도 그랬다.

이제는 익숙하기만 했다. 이제는 어떤 일이 벌어져 있을까 궁금하기도 했다.

스마트폰을 오랫동안 확인 안 하는 습관은 어쩌면 그것 때문에 더더욱 그런 건지도 몰랐다.

'별일이야 있겠어?'

활동을 거의 하지 않았으니 이슈될 만한 것도 없었다. 일정도 연말에 있을 부산 드라마 어워드밖에 없었다.

당연하게도 건우는 '별을 그리워하는 용'으로 대상 후보에 올랐다.

아무튼 애플톡을 확인해 보니 축하한다는 말이 많았다. 그리고 의미를 알 수 없는 말도 있었고, 석준이 다음 주에 미팅을 갖자고 톡을 보냈다.

대충 훑어보다가 팬카페로 향했다.

자신에 대한 정보는 역시 팬카페에 아주 자세히 올라와 있었다.

어쩔 때는 건우 자신보다 건우를 더 잘 아는 것 같은 기분이 들 때도 있었다.

'건우신 소식' 메뉴를 클릭해 보니 쫘악 정리된 글들이 보였다.

뭔가 팬카페답지 않게 전문성이 보였다.

건우와 관련된 기사를 링크한 글은 기본이었고 날카로운 분석까지 있었다.

건우는 게시판을 살펴보면서 팬들이 조금 무서워지기 시

작했다.

[에란 로비, 이건우 홀릭!]

[아름다운 모든 것들, 미튜브 조회 수 무서운 상승세!]

[미튜브 조회 수 1억 돌파를 눈앞! 한국 신기록까지는 얼마나?]

[이건우 할리우드 영화 '골든 시크릿'에 참여?]

[크리스틴 잭슨 감독 '환상적이다' 감탄 세례!]

[할리우드 스타들도 감탄한 건우신의 미모]

['골든 시크릿' 팬들 '찾았다, 요정왕!']

[이건우 페이스클럽 팔로워 350만 돌파, 계속 상승 중!]

엄청나게 많은 글들이 올라와 있었다.

물론 건우의 팬카페답게 과장된 부분도 존재했다.

미튜브 조회 수가 엄청나게 오른 모양이었다.

상승세인 것은 알고 있었지만 이 정도일 줄은 몰랐다. 불과 일주일 전까지만 해도 천만을 넘긴 정도였다.

그 정도만으로도 굉장한 것이었는데, 그 10배가 오른 것이다.

더욱 놀라운 점은 그 기세가 상승세라는 점이었다.

'에란 로비? 크리스틴 잭슨?'

건우도 들어본 적 있는 인물이었다. 연기 공부를 하며 봤던 영화 속에서 스치듯 지나가며 본 여배우였다.

크리스틴 잭슨 감독은 워낙 유명하기에 건우가 모를 리 없었다.

크리스틴 잭슨 감독의 대표작 '핫한 녀석들'은 건우도 아주 재미있게 보았다.

작품에 나오는 배우들의 연기에서도 배울 것이 많아 최근에 다시 보기까지 했다.

건우는 게시글들을 천천히 훑어보았다. 불과 며칠 사이에 아주 많은 일들이 일어나 있었다.

여러 반응들이 캡처되어 올라와 있었다.

에란 로비
너무나 멋진 노래 :)
[영상 링크: 유진렬의 뮤직노트 편집]
좋아요: 112,332
댓글: 72,123
[인기순으로 보기]

jame: 맙소사! 그야말로 환상적인 작품이야!
krezz: 건우! 아시아의 보물.

rantanen: 그는 한국의 유명한 배우야. 물론 북한이 아닌 남한의.

stewart: 요정왕 그 자체! 경배해야 해!

davis: 너무 좋은 노래야. 눈물이 났어.

여러 가지 반응이 있었다. 건우도 알 법한 스타들의 SNS 에도 소개가 되었다.

'뿌듯하네.'

건우의 입가에 미소가 지어졌다.

건우가 가장 뿌듯해했던 부분은 조회 수나 칭찬이 아니었 다.

바로 '마음이 치유된다', '힐링된다'와 같은 반응이었다. 건 우가 노래를 만들면서, 그리고 부르면서 느껴주기를 바랐던 감정을 언어가 다르고 인종이 다른 그들이 느끼고 있었기 때문이다. 그것만으로도 건우는 향후 평가나 성적이 어떻든 성공한 노래라고 생각했다.

과한 생각일지도 모르지만 연기, 그리고 노래로 세상을 변화시킬 수 있을 것 같았다. 그럴 수만 있다면 남자로서 더 한 영광은 없을 것이다.

'근데 '골든 시크릿'? 요정왕은 뭐지?'

처음 듣는 단어였다.

조금 더 알아보니 해외는 물론 한국에서도 꽤나 유명한 소설이었다.

소설도 유명했지만 코믹북으로 더 많이 알려져 있었는데, 히어로물이 대부분인 미국 코믹북 시장에서 판타지 대서사시로 한쪽 영역을 확고하게 구축 중이었다. 이 작품은 매니아층이 두텁기로 유명했다.

매년 열리는 미국 코믹 축제에서도 많은 사람들이 이 작품의 코스프레를 할 정도였다.

소설이나 만화에는 전혀 관심이 없던 건우는 새로운 세계를 만난 기분이었다.

'음, 그러니까 요정왕은 골든 시크릿의 역사에서 상징적인 존재라는 건가?'

건우는 당연히 몰랐지만 요정왕은 골든 시크릿 서사시에서 아주 중요한 인물이었다.

소설에서는 영원한 아름다움과 막강한 권능의 상징이기도 했다.

'우주가 재창조되어 중간계의 모든 보석을 가져다가 빚어도 그의 아름다움을 쫓아갈 수 없다. 그는 영원불멸의 요정왕이다'라는 구절이 나올 정도였다.

만화화를 할 때 미국의 가장 유명한 작화가가 거의 반년가량을 공들여 디자인을 한 캐릭터이기도 했다. 건우와 관련이 생겨서인지 팬카페에는 친절하게도 요정왕의 일러스트도 올라와 있었다.

'음……'

잘생기긴 잘생겼다. 근데 조금 뭔가 부족한 느낌이 들기도 했다.

건우는 고개를 돌려 거울을 바라보았다. 솔직한 심정으로는 자신이 더 나은 것 같았다.

'나도 이제 중증이네.'

자신이 잘생긴 거야 팩트이기는 했다.

기사를 살펴보니 '골든 시크릿'에 합류한다고 하는 거짓 기사들이 꽤 많았다.

크리스틴 잭슨 감독이 무슨 이유에서인지 언급하기는 했지만, 실상은 합류는커녕 제의조차 오지 않은 일이었다. 그리고 건우는 제의가 오더라도 보류하거나 거절할 생각이었다.

외모만으로 영화에 참여하기는 싫었다. 배우로서 역할의 스펙트럼을 넓히고 싶었기 때문이다. 지금 제의가 온 영화들도 모두 건우의 외모만을 부각시키는 내용들이었다. 이를테면 제의 온 영화 중에 '꽃미남 조선수사대' 라든지 '미남이실까요?' 같은 부류가 있었다.

마음이 가는 역할은 들어오지 않았다. 차라리 한중 합작 영화의 배역이 더 끌리기는 했다.

상업적인 측면은 조금 떨어지더라도 좋은 작품이 들어오면 출연할 생각이 있었다.

'사실이 아니라고 말하면 되겠지.'

이런 루머는 루머 축에도 못 끼는 것이었다. 김칫국부터 마시고 있는지도 몰랐다.

건우는 피식 웃고는 고개를 설레 저었다.

'조금 실감이 안 나기는 한데……'

아무튼 해외에서 이런 반응이 올 줄은 상상도 못했다. 어디까지 갈 수 있을지는 모르지만 건우는 지금 이 상황도 대단히 만족스러웠다.

작은 해프닝에 불과하더라도 앞으로 음악을 계속해 나가는 데 큰 힘이 되어줄 것 같았다.

*   *   *

연말이 다가왔다.

무공을 일상생활 속에서, 그리고 연기와 노래에서 자주 쓰다 보니 건우는 자신의 무공이 지닌 힘에 대해 무뎌진 감이 있었다.

마음을 조금이나마 움직이는 노래를 부른다는 것은 대단

한 능력이었다.

그러나 건우는 조금이 아니라 마음 그 자체에 영향을 줄 수 있는 힘을 지니고 있었다. 라이브로 듣는 것보다 상당히 미약하기는 해도, 그 정도만으로도 감동을 주기에는 충분했다.

특히 아름다운 모든 것들은 건우의 모든 역량을 집중시킨 곡이어서 그 효과는 더더욱 뛰어났다.

문화적인 차이가 있지만 인종을 막론하고 그것이 충격으로 다가온 모양이었다.

거기에 더욱 발전한 건우의 비주얼이 곁들여지니 그야말로 화룡점정을 찍었다.

마스크 싱어, 그리고 두 번의 드라마를 통해서 겪어 어느 정도 건우에게 내성이 생긴 한국인들과는 다르게 해외 사람들은 감정의 공명을 처음 느끼는 것이었다.

조회 수는 순식간에 불어나 5억을 넘어서고 있었고 이미 한국 최고 기록을 넘어섰다. 그 효과 때문인지 다소 주춤했던 순위가 올라 다시 국내 주요 음원 차트에서 1위를 달리고 있었다.

더욱 고무적인 것은 미국 아이튠즈 차트에서도 처음에 32위에 등장하더니 점점 치고 올라가 5위까지 올라섰다.

시간이 지나면 1위를 할 수 있을 거라는 희망적인 관측이 나왔다.

게다가 빌보드 메인 차트인 핫 100에 72위로 처음 등장하여 지금은 10위까지 올라갔다.

소셜 50 차트에서는 당연히 1위였다. 소셜 차트는 전 세계 SNS에서 가장 활발하게 거론되는 아티스트를 대상으로 순위를 선정하는 차트였다.

중요한 것은 이제 시작임을 증명하듯 그 기세가 보통이 아니라는 점이었다.

언론에서 월드스타가 탄생했다고 호들갑을 떨어댔는데 이 기세라면 빌보드 1위는 시간문제라고 연일 보도하고 있었다.

<대한민국 최초 빌보드 10위 진입!>
<빌보드 1위에 등극 가능성은? 전문가들의 의견>
<대한민국이 낳은 자랑스러운 월드스타>
<중국을 넘어 미국까지 점령?>
<이건우, 그는 어떻게 위대해졌는가?>

건우로서는 상당히 부담스러웠다. 엄청 오글거리기도 하고 말이다.

심지어 황금태양 논란 당시 건우를 대차게 까댔던 언론사들도 거의 찬양하는 기사를 남겼다. 건우가 기사를 확인해 보며 어이없어할 지경이었다.

'대한민국의 자랑스러운 이건우라······.'

너무 과장하는 것이 눈에 보였다. 손발이 오그라드는 기분이었다. 오히려 이게 자신을 못살게 구는 것처럼 느껴졌다.

"제발 그만해 줬으면 좋겠네."

건우는 한숨을 내쉬고는 들고 있던 스마트폰을 내려놓았다. 이제 본격적으로 짐을 정리하고 가구, 전자 제품들을 옮길 시간이었다.

건우는 드디어 새로 구매한 집으로 이사해 왔다. 서울의 부자 동네는 아니지만 그럭저럭 괜찮은 동네에 있는 단독주택이었다.

토지 면적이 126평, 건물 면적 62평이었는데 2층과 지하로 구성되어 있었다.

약간 연식이 오래된 건물이라 감정가보다 싸게 구할 수 있었다. 싸다고 해도 건우의 손이 후덜덜거릴 정도의 가격이었다.

건우는 잔디가 있는 마당이 마음에 들었다.

담장도 높아 안을 들여다 볼 수 없는 구조였다. 물론 차고도 있었다.

'무엇보다 좋은 건 기운이 맑다는 거지.'

산의 기운이 교차되어 흐르는 곳이었다.

그나마 서울에서 찾을 수 있는 최적의 장소가 아닐까 싶었다.

그렇기 때문에 무리를 해서라도 구입한 것이었다.

건우는 집을 정리했다.

운동 기구들이 들어설 방과 녹음실로 개조할 방, 그리고 옷장, 소규모 영화관을 만들 방을 제외한다고 하더라도 방이 남았다.

혼자 살기에는 지나치게 큰 집이었다.

가구들은 모두 건우가 고른 것들이었다. 전생의 풍경을 생각하며 골랐기에 빈티지한 느낌이 나는 가구들이었지만 나름 따듯한 분위기가 흘렀다.

건우는 마당에 대나무를 키워볼까 하다가 고개를 설레 저었다.

'아직 멀었네. 내공을 쓰더라도 꽤 오래 걸리겠어.'

쌓인 먼지들이 장난 아니었고 전 주인이 두고 간 것들도 모두 밖으로 옮겨야 했다.

사람을 쓰고 싶었지만 아무래도 요즘 자신에 대한 관심이 워낙 높아 쉽게 그럴 수 없었다. 그렇다고 해서 어머니께 손을 빌리기는 싫었다. 승엽이도 오늘은 따로 약속이 있다고 한다.

'집들이 시간까지 맞추려면 아슬아슬하겠네.'

집들이할 생각은 없었지만 건우가 이사를 간다는 사실을 어떻게 알았는지 진희와 리온은 그날 스케줄을 비워놓기까지 했다.

지윤 또한 무리해서 스케줄을 비웠다고 하니 집들이를 하지 않을 수 없었다.

건우가 본격적으로 속도를 내려 할 때였다.

띵동!

벨이 울렸다. 건우는 시계를 보며 고개를 갸웃했다. 점심이 막 지난 시점이었는데, 집들이 시간은 저녁이었다. 인터폰에 달려 있는 모니터를 보니 선글라스를 쓴 여인이 보였다.

수상해 보이는 복장으로 무언가를 잔뜩 들고 있었는데, 연신 주변을 두리번거리고 있었다.

건우는 피식 웃고는 직접 가서 대문을 열어주었다. 문이 열리자 그녀는 환하게 웃었다.

"건우야~"

"왜 이렇게 일찍 와?"

"도와주러 왔지!"

"그래? 고마워."

오랜만에 보는 진희였다.

미리 장도 봐왔는지, 음식 재료가 그녀의 두 손에 가득했
다. 건우가 피식 웃으며 비켜서자 후다닥 안으로 들어왔다.

"집 좋다."

"누나가 돈 더 잘 벌지 않아?"

"무슨 소리야. 월드스타랑 비교가 되니?"

"월드스타는 무슨……."

"대한민국의 자랑! 이건우!"

"으… 하지 마, 그런 거."

진희의 눈이 반짝반짝 빛났다.

부모님과 함께 살고 있는 진희로서는 건우가 대단히 부러
웠다.

조금 낡은 느낌이 들기는 하지만 잔디로 된 마당에 고풍
스러운 외관을 지닌 주택이 들어서 있었다. 당연히 테라스
도 있었다.

"성공했네!"

"덕분에 거지 됐어."

"엄살은……."

집 안으로 들어온 진희가 이곳저곳을 둘러보며 고개를 끄
덕였다.

건우는 자신보다 훨씬 왜소한 몸인 그녀가 왠지 모르게

대단히 든든하게 느껴졌다.

"좋아, 빨리 끝내자! 편한 옷 없어?"

"아, 잠시만."

건우가 티셔츠를 그녀에게 건네주었다. 그녀는 건우의 티셔츠를 받더니 잠시 멈칫했다.

건우가 의아한 눈으로 그녀를 바라보자 씨익 웃으면서 입을 떼었다.

"훔쳐보지 마라?"

"봐달라고 해도 안 봐."

건우가 딱 잘라 말하자 진희는 조금 서운한 표정이 되었다.

잠시 후, 건우의 옷으로 갈아입고 온 진희가 어떠냐는 듯 건우 앞에 섰다.

건우는 청소기를 들고 있다가 그녀를 바라보았다.

"거기 치워야 하는데."

"아… 응."

건우가 피식 웃자 뻘쭘해하던 진희도 웃었다. 곧 그들은 본격적으로 청소에 돌입했다.

진희는 무척이나 꼼꼼하게 청소를 했다. 건우는 잠시 물끄러미 진희의 뒷모습을 바라보았다.

대한민국의 대표 미녀 중 하나인 김진희가 자신의 옷을

입고 청소를 하고 있으니 기분이 아주 묘했다. 예전에는 상상할 수도 없는 그림이었다.

현실은 늘 상상 그 이상이었다.

건우는 짐이 잔뜩 든 상자를 가볍게 들어서 옆으로 옮겼다.

청소기를 돌리는 와중에 거슬렸기 때문이다.

딱 봐도 묵직해 보이는 상자가 솜털처럼 가볍게 들리자 진희가 고개를 갸웃했다.

건우와 상자를 번갈아 보던 그녀가 상자로 다가가 두 손으로 들어보았다.

꿈쩍도 하지 않았다. 한참을 끙끙거리고 있자 건우가 다가왔다.

"음? 뭐 해?"

"아, 이거……."

안에는 운동기구들이 들어 있었다.

건우에게는 너무 가벼워 요즘에는 쓰지 않았다. 지금은 건우의 신체 능력에 맞게 맞춤 제작한 것들을 쓰고 있었다.

'힘이 세구나.'

진희는 건우의 팔을 바라보았다.

겉으로는 호리호리해 보였지만 소매를 걷어 올리자 보이는 팔뚝은 굉장히 튼실했다.

드라마와 예능에 출연하면서 살짝 보여준 몸매가 떠오르
자 얼굴이 뜨거워졌다.

건우는 진희를 바라보았다.

진희의 얼굴에는 한겨울임에도 땀이 송글송글 맺혀 있었
다.

난방을 돌리고 있기도 했고 청소를 너무 열심히 한, 여러
가지 원인이 복합적으로 작용한 결과였다.

건우는 진희에게 미안하고 고마웠다.

"마실 거 줄까?"

"뭐 있어?"

부엌으로 가서 음료수를 꺼냈다. 진희가 컵을 꺼냈는데,
진희는 뭔가 기분이 좋아졌다.

둘이서 이렇게 있으니 뭔가 좋은 분위기로 흘러가는 것
같았다.

진희가 건우를 바라보며 말을 걸 때였다.

"그……."

띵동!

그때, 벨이 울렸다. 건우는 음료수병을 내려놓고 밖으로
바로 나갔다.

나가니 리온과 지윤이 있었다. 둘은 서로 안면이 없었는
데, 왜인지 친한 듯 나란히 서 있었다. 두 손에 선물을 가득

들고 말이다.

"건우야, 안녕!"

"후배님, 안녕하세요?"

리온은 아예 내가 바로 리온이다 표현하는 듯한 복장을 하고 왔고 지윤은 진희처럼 적당히 가리고 왔다.

그들은 마치 약속이라도 한 듯이 도와주러 왔다고 말했다. 건우는 그들의 마음에 고마움을 느꼈다.

집 안으로 들어서자 진희가 눈을 깜빡이면서 리온과 지윤을 바라보았다.

지윤은 진희의 옷차림과 땀을 보고는 진희를 보며 씨익 웃었다.

"제법이네?"

"아, 아니, 그런 게······."

지윤이 진희의 옆구리를 찔렀다. 건우로서도 진희와 지윤을 동시에 만나는 건 처음이었다.

"오, 후배님, 집 좋네요. 역시 이런 곳에서 영감이 팍팍 떠오르죠. 약간 뭐랄까 구시대와 현시대의 만남이라고 해야 하나? 고풍적이면서 트렌디한······."

"그렇게 포장할 필요는 없어요."

"아닙니다. 진심이에요. 크흐, 역시 예술적 감각도 남다르십니다. 이런 곳에서 빌보드에 드는 곡이 탄생하는 것이죠!"

리온은 여전했다.

건우의 취향대로 인테리어해서 요즘 세대와 조금 안 맞는 느낌이 있기는 했다.

"아! 녹음 시설은 제가 설치해 드릴게요."

"그러실 필요는……."

건우와 리온이 한동안 서서 이야기를 나눴다. 진희가 그걸 퉁명스럽게 바라보았고, 지윤이 전체적인 광경을 보면서 미소 짓고 있었다.

리온이 환한 웃음을 지으면서 건우를 바라보다가 은근슬쩍 옆으로 온 진희에게 시선을 옮겼다. 리온이 고개를 갸웃했다.

"그거 후배님 옷 아닙니까?"

"어? 응. 어떻게 알았어?"

"후배님이 운동할 때 자주 입고 나가셔서 대박이 난 제품입니다. 특히 지금 입고 계신 옷은 구하기가 힘들 정도지요!"

"그, 그래?"

리온은 건우에 대해서는 뭐든지 알고 있는 것 같았다. 건우조차 모르는 사실이었다.

건우의 옷은 대부분 YS에서 맞춰준 것들이었다.

건우의 패션 센스는 좋다고는 할 수 없었지만 어쨌든 스타일이 좋은 연예인을 말할 때면 꼭 언급되었다. 과대평가된 부분이 분명 있었지만, 이러나저러나 패션의 완성은 얼굴이었다.

진희가 리온이 들고 온 가방을 힐끔 바라보았다. 무언가 꾸역꾸역 챙겨와 부풀어 있었다.

"너, 근데 뭘 이렇게 많이 들고 왔어?"

"후배님 선물이랑, 세면도구, 옷이요."

"응?"

"혹시 모르잖아요. 흐흐, 내일 스케줄도 없고."

"나, 나도 없긴 한데……."

진희와 리온이 동시에 건우를 바라보았다.

"좀 추울 텐데 괜찮……."

"괜찮습니다."

"난 추운 게 좋더라."

건우는 피식 웃으면서 고개를 끄덕였다.

상관없었다. 남는 방은 많았고 여유 이불도 새 걸로 잔뜩 사놓았다.

어쨌든 일단 청소를 끝내야 하겠지만 말이다.

리온은 편한 옷을 챙겨 왔지만 굳이 건우의 옷을 받아 입었다.

그러고 보니 셋이 같은 종류의 옷을 입게 되었다.

결국 셋은 기념이라며 같이 사진까지 찍고 나서야 청소를
시작했다.

지윤이 엄청나게 도움이 되었다. 건우가 미처 생각하지 못
했던 부분까지 조언을 해주었다.

생각했던 것보다 꽤 시간이 걸려 청소를 끝마칠 수 있었
다.

가구 배치도 대략적으로 끝났다. 지윤과 진희가 낑낑거리
면서 짐을 옮기는 걸 보니 또 엄청 미안해졌다.

'거하게 대접해야겠네.'

건우는 요리에 아주 자신이 있었다.

지금 어머니의 분식집 메뉴 중에서 가장 잘나가는 것들은
건우가 개발한 것이었다.

쉬는 날이면 혼자 요리를 해 먹었는데, 레시피를 찾기 귀
찮아 인터넷에 올라온 요리법이나 유명한 쉐프의 책들을 구
매해 달달 외워 버렸다.

몇몇 메뉴는 입맛에 맞게 여러 가지를 첨가해 개량하기도
했다.

진희가 소파에 쓰러졌다.

"으… 다 끝났다."

진희는 리온과 내기라도 하듯이 엄청난 청소 스킬을 보여
주었다. 건우는 피식 웃으면서 일단 사놓은 과일을 가져왔다.

"내가 깎을게!"

진희가 어설픈 솜씨로 사과를 깎기 시작했다. 지켜보는 리온이 불안해져 뒤로 물러났다. 건우가 진희의 불안한 모습을 보다가 손을 내밀었다. 진희가 어색하게 웃으며 칼을 건네주었다.

스스슥!

건우는 세상에서 칼질을 제일 잘하는 사내였다. 엄청나게 빠른 속도로 사과를 깎아버리자 셋은 상당히 놀란 눈으로 건우를 바라보았다.

건우는 이게 그렇게 놀랄 일인가 싶었지만 지윤조차 놀란 얼굴이었다.

"역시 후배님이십니다."

"네?"

"크흐, 사과 깎는 모습이 정말로 섹시합니다."

리온은 상당히 기분이 업되어 있었다. 평소보다 더 심한 것 같았다.

건우는 주방으로 가 본격적으로 요리에 들어갔다. 고기는 조금 있다가 구울 예정이니 미리 빼놓았고 그 외에도 여러 가지 요리들을 만들었다.

건우가 엄청나게 빠르게 모두 처리해 버려 도와주러 왔던 진희와 지윤은 옆에서 구경만 해야 했다.

"먹어볼래?"

"응!"

건우가 한 음식을 맛본 진희는 깜짝 놀랄 수밖에 없었다. 먹는 걸 좋아해서 이곳저곳 다 다녀봤는데, 건우의 음식이 그런 곳이랑 비교해도 전혀 꿀리지 않았다.

지윤도 먹어보고는 엄지를 치켜들었다.

음식이 어느 정도 완성될 때 본격적으로 손님들이 들이닥치기 시작했다.

"오! 냄새 좋은데?"

"안녕하세요? 선배님!"

"오셨어요?"

석준뿐만 아니라 YS 식구들도 도착했다.

다 온 건 아니고 건우와 친분이 있는 하연과 미나, 그리고 린다와 한별이었다.

리온이 문을 열어줬는데, 건우도 요리를 하다가 잠시 멈추고 그들과 인사를 나눴다.

현재 한별과 리온은 묘하게 라이벌 구도에 있었다. 원래는 한별과 비교가 안 되었지만 요즘 리온이 오히려 앞선다는 평가를 받고 있었다. 그래서인지 둘 사이의 기류가 왠지 모르게 날이 서 있었다.

동진도 곧이어 도착했다. 그는 저번 드라마를 마무리하고 한동안 바빴지만 지금은 여유롭게 백수 생활을 하는 중이었다.

건우가 요리를 할 동안 모두 이야기를 나누며 가까워졌다.

아무래도 서로 방송을 통해 얼굴을 알았고 같은 업계에 종사하고 있으니 금세 친해졌다.

석준과 리온은 편하게 이야기를 나누고 있었다.

"이번에 계약 끝나면 독립하려구요."

"오, 그래? 그것도 좋지. 뭐, 녹녹치 않으면 우리 회사로 와라. 잘해줄게."

"하핫, 그때는 부탁드리겠습니다."

석준은 리온을 탐내고 있었다. 리온이 YS로 온다면 대단히 든든할 것이다. 이번에 작곡, 프로듀싱 능력까지 인정을 받았으니 석준이 탐낼 만했다. 그러나 적극적으로 나서지는 않았다.

건우가 있었기 때문이다. 솔직히 말하자면 지금 건우의 존재는 리온이 있는 소속사의 모든 가수를 합친 것보다 더 값어치가 있었다.

"크흐! 대표님, 좋으시겠습니다. YS에서 어쩌면 빌보드 1위 가수가 탄생할 수도 있잖아요. 지금 이 정도만으로도 한국 신기록이구요!"

"하하핫! 요즘 진짜 날아갈 것 같다."

"대표님의 안목이 참 대단하신 것 같습니다."

리온은 조금 과하다시피 석준에게 아부를 떨었다. 진희는 왜 그러는지 알고 있었다.

바로 석준의 옆에서 어색한 웃음을 짓고 있는 미나 덕분이었다.

그들은 비밀리에 아주 잘 만나고 있었다.

석준을 중심으로 이미 술자리가 시작되었다.

건우가 요리를 내오자 진희와 리온이 술을 깔았다.

리온은 좋은 술까지 잔뜩 싸들고 왔다. 아예 날을 잡은 모양이었다.

상에 차려진 음식들이 모두 건우의 솜씨라고 하니 조금 과장된 반응이 나왔다.

본격적인 술자리가 이어졌다.

"자! 여기들 보세요! 동진 선배님! 협조 좀 해주세요!"

리온의 스마트폰 화면에 모두가 담겼다.

사진을 찍고 보니 대단한 조합이기는 했다.

일단 건우는 최고의 주가를 달리고 있는 배우이자 가수였고, 거기에 대한민국 최고의 미녀 배우로 손꼽히는 진희와 지윤이 있었다. 그 사이에서 동진도 훈훈한 비주얼을 자랑하고 있었다.

YS 대표 석준, 그리고 가장 핫한 신인인 샤인의 멤버 하연과 미나, YS 메인 작곡가 린다, 그리고 리온과 한별에 이르기까지, 한자리에서 쉽게 볼 수 없는 초호화 멤버였다.

 모두 건우 한 사람 때문에 모인 것이었다.

 같이 보낸 시간은 짧았지만 대단한 인연으로 서로 묶여 있었다.

 전생의 기억이 있기 때문일까? 건우는 어렴풋하게나마 그것을 느낄 수 있었다.

 리온이 찍어 올린 이 사진은 후에 초호화 모임이라는 제목으로 엄청난 화제가 되었다.

 "아! 맞다! 후배님! 선물 준비했습니다."

 리온이 가방에서 책들을 꺼내 건우에게 주었다. 리온이 준비한 선물이 책일 줄은 상상도 못한 건우였다. 보통 집들이 선물로 휴지나 이런 것들이 통상적이긴 했지만 모두 다른 선물을 가져왔다.

 건우는 리온이 건넨 책을 바라보았다.

 "'골든 시크릿'?"

 "네! 아마도 읽어보셨겠지만 한정판입니다!"

 소설책은 무척이나 두꺼웠고, 코믹북도 있었는데 여러 권으로 되어 있었다.

 건우는 당연히 읽어본 적이 없었다. 소설책은 별로 좋아하지 않았고 만화책은 중학교 때 이후로 한 번도 본 적이 없었다.

그걸 본 동진이 술을 마시다가 입을 떼었다.

"베스트셀러잖아. 나도 읽어봤는데 재미있더라."

"맞아요! 요정왕이 진짜 멋졌어요!"

진희가 동진의 말에 흥분하며 외쳤다. 반짝이는 눈으로 건우를 바라보았다.

"건우야, 예전부터 물어보고 싶었는데… 진짜 출연해? 응? 미국 가는 거야?"

"아니."

"왜? 제의 온 거 아니었어?"

건우는 석준을 바라보았다. 석준은 고개를 끄덕였다. 기자들이 설레발친 게 문제이기는 했지만 딱히 비밀이랄 것도 없었다.

건우는 편하게 말하기 시작했다.

"오디션 제안이 오기는 했는데, 나도 아직 준비가 덜되어 있고… 그렇게 끌리지는 않아. 테이프를 보내야 하기도 하고… 들기론 중국 쪽을 물색한다던데."

"안 돼! 딱 너야!"

"맞아요. 후배님! 지금 팬들이 얼마나 난리가 났는 줄 아십니까?"

건우의 말에 진희와 리온이 흥분하며 말했다. 한별도 고개를 끄덕였다.

"제 미국 지인들도 물어보더라구요. 개인적으로 저도 아쉽습니다. 아무래도 인종차별적인 이야기가 있기는 하지만 대부분은 건우 씨가 한다고 하면 납득할 수 있다던데요."

한별의 말에 석준도 고개를 끄덕였다. 석준은 건우에게 어떤 강제도 하지 않았다.

어떠한 일을 결정하는 데 있어서 건우의 의사를 무조건 존중해 주었다.

짧은 시간 동안 건우가 이룬 것들을 보면 어떤 기획사 대표라도 그럴 것이다.

동진은 뭔가 알겠다는 듯 건우를 바라보았다.

"기존과는 다른 종류의 배역을 맡고 싶은 거야?"

"그렇기도 하고요."

"넌 이제 시작이잖아? 맡을 수 있는 배역은 시간이 흐르면 변하게 되어 있어. 연기력으로 커버할 수 없는 것들도 있지. 지금 네가 할 수 있는 배역에 집중하는 게 좋아. 언제 다시 할 수 있을지 모르거든."

동진도 꽃미남 배우로 출발해서 지금에 이르렀다. 건우의 생각을 잘 이해하고 있었다.

다양한 역할을 맡고 싶다는 마음은 욕심임을 잘 알고 있었다.

중견 배우라도 그 한계에서 벗어날 수는 없었다. 연기 변신이라는 것은 세간에서 떠들어댈 정도로 쉬운 것이 절대 아니었다.

"너무 욕심이 많다. 급하게 가지마."

건우는 동진의 말에 고개를 끄덕였다. 무공의 힘이 있다면 뭐든지 할 수 있을 것 같았지만 분명 자신은 인간이었고 한계가 있었다.

그동안 너무 자신의 욕심만 내세운 것 같았다.

짧은 시간의 연이은 성공도 건우를 오만하게 만든 이유였다. 동진의 충고를 들으니 마음이 편해졌다.

"고마워요. 좀 더 생각해 볼게요."

조금 더 고민해 보는 것이 좋을 것 같았다.

진지한 분위기에서 금세 유쾌한 분위기로 바뀌었다. 다들 알딸딸해지니 점점 재미있는 분위기가 되었다.

"그때 퐈악! 선배님이 흐힛! 무대 세팅을 파바박! 처음부터 끝까지 다 봐주셔서… 선배님 완전 최고!"

"그랬어?"

"오!"

하연이 술에 취해 유진렬의 뮤직노트에서 있었던 일을 말해주었다.

리온은 늘 그렇듯 건우 찬양 모드였는데 그 말을 한별이 진지하게 듣고 있었다. 미나는 그런 리온을 흐뭇한 눈으로 바라보고 있었다.

"저, 샤인의 열혈 팬입니다. 사인 좀 해주세요."

동진은 모두와 친해져 엄청나게 떠들고 있었다.

여러모로 따듯한 광경이었다. 건우에게 있어서도 전생과 현생을 통틀어 이런 광경을 본 적은 거의 없었다. 좋은 사람들과 만난다는 것은 건우에게 무엇보다 의미 있는 일이었다.

인연이 가진 힘을 알고 있기 때문이다.

'이 인연이 후생까지 이어졌으면 좋겠네.'

어쩌면 무구한 역사 속에서 지구상의 모든 사람들이 얽혀 있을지도 몰랐다.

단독주택이다 보니 소음을 신경 쓸 필요가 없었다.

건우는 잠시 테라스에 나왔다. 내공을 돌리지 않았지만 쉽게 술에 취하지 않았다.

진희가 나와 건우의 옆에 섰다.

"좋다."

진희가 기지개를 켜며 말했다.

"그러게."

"건우야, 자주 만났으면 좋겠네."

"응."

진희는 취기 때문인지 붉어진 얼굴이었다.

잠시 그렇게 바람을 쐬고 있다가 석준에게 끌려가 술을 왕창 마셔야 했다.

스케줄이 없는 이들은 다음 날 새벽까지 마시다가 그대로 뻗어버렸다.

"후우."

건우를 제외하고 다 뻗어버리자 건우는 내공을 돌려 취기를 몰아냈다.

난방을 최대로 돌리고 방에 이불을 깐 다음 한 명씩 옮겼다. 장렬하게 뻗은 석준, 리온과 한별을 한방에 쑤셔 넣자 뒤척거리더니 서로 꼭 붙어서 잤다.

마지막으로 건우는 진희를 침대 위에 옮겨주고 이불을 덮어주었다. 남정네들과는 다르게 배려를 해주고 싶었다. 자신의 방이긴 했는데 건우는 잠을 잘 생각이 없었다.

'일단 치우자.'

장렬한 전투의 흔적을 치우고, 내일 해장국 거리를 미리 생각해 놓았다. 그리고는 리온이 선물해 준 책을 가져와 소파에 앉았다.

'일단 읽어보기는 해야지.'

소설책부터 시작이었다. 굉장히 두꺼웠지만 건우의 읽는

속도는 상당히 빨라 그리 많은 시간이 걸리지는 않을 것이다. 소설을 읽으면서 감정에 몰입해 보는 것도 나쁘지 않은 연습인 것 같았다.

2. 강제 월드스타

월드스타라는 타이틀을 갖는 조건은 어떻게 될까?

세계 어디서 이름을 대더라도 알 만한 그런 존재가 바로 월드스타일 것이다.

그런 면에서 보면 건우는 중국, 그리고 일본을 비롯한 아시아 쪽에서 인지도가 있기는 하지만 아직까지 그런 칭호를 달기에는 많이 부족했다.

사실 지금까지 그런 칭호를 단 한국의 연예인들도 언론에서 띄워주기 위해 그냥 가져다 붙인 것이 대부분이었다.

실제로 미국에서 B급 영화, 그것도 흥행 면에서 참패한 영화를 찍은 연예인을 두고 월드스타로 칭하기도 했다.

요즘 월드스타로 불리는 '민'도 그러했다.

내방한 스타들에게 기자들이 '두 유 노우 민?'이라고 물어서 그들을 당황시킨 적도 많았다.

한국의 기자들이 보통 무슨 질문을 하는지 미리 공부한 스타들은 '좋은 배우다' 정도로 립 서비스 해줬지만 그렇지 않은 스타들은 난감한 표정이 되었다.

건우의 경우에도 그리 다를 바가 없었다. 얼마 전, 그러니까 불과 한 달 전까지만 해도 말이다.

지구 반대편에서 건너온 마약을 어떻게 단속할 수 있을까? 그것이 형체가 없고 어디서나 접할 수 있는 매체라면? 아마 전력으로 막는다고 하여도 무척이나 힘들 것이다.

이건우의 '아름다운 모든 것들'은 가요계 역사상 유례 없는 마력을 지니고 있었다.

처음에는 그저 유명인이 언급해서 만든 작은 돌풍이라고 생각했다.

아이튠즈 1위에 오르고, UK 차트 10위권, 빌보드 차트 핫 100에 오를 때까지만 해도 비판적인 시선들도 존재하긴 했다.

그러나 돌풍이 태풍이 될 것임을 예견한 미국의 음악평론가가 있었다.

그는 아름다운 모든 것들이 지닌 예사롭지 않은 힘을 알아 본 것이다.

제프 페티슨이 그러했다.

"케이팝은 마니아층에게 꾸준히 사랑받아 온 영역이지만 미국 시장에서 성공할 수 있는 매력은 찾아보기 힘들었다. 그러나 이건우의 아름다운 모든 것들은 다르다. 이미 서구 음악계에 큰 파장을 일으켰고 그 파장은 태풍이 될 것이다. 나태함과 자만에 빠진 우리는 그 공습을 경계해야 할지도 모른다. 아름다운 모든 것들을 애써 무시하며 안 들을 수 있어도, 한 번만 듣는 이들은 존재하지 않을 것이다. 아름다운 모든 것들의 다른 말은 바로 행복한 중독이다."

그는 MTV와 인터뷰 중에 그런 말을 남겼다. 제프 페티슨답지 않은 멘트였다.

그는 독설을 날리는 데 주저함이 없기로 아주 유명한 평론가였는데, 작년에는 미국 음악 시장이 애들 장난처럼 되어버렸다는 말로 화제에 올랐었다.

건우의 노래를 접했을 당시, 제프 페티슨은 다소 격앙된 표정과 말투였고 큰 충격을 받은 듯한 모습이었다.

곡에서 그가 해석할 수 없는 신비를 느꼈기 때문일지도

몰랐다.

아름다운 모든 것들의 열풍은 당연히 거기서 끝난 것이 아니었다.

브레이크 없이 질주하는 덤프트럭 같은 기세였다.

UK 차트 1위, 빌보드 차트 핫 100 2위까지 치고 올라가는 기염을 토해냈다.

빌보드 차트 핫 100은 방송 횟수와 판매량을 종합한 것이었는데, 주 연속 2위를 유지하고 있는 중이었다.

1위에도 금방 올라갈 것이라 낙관하는 이들이 많았다. 만약 이번 주에 1위를 차지하게 된다면 세계에서도 공신력이 있는 차트 두 곳 모두에서 1위를 하게 되는 것이다.

미국 라디오 방송에서도 신청이 밀려들어 아름다운 모든 것들만 계속 틀어주는 진풍경이 펼쳐지기도 했다.

영어가 아닌 외국어로 된 노래가 이토록 뜨거운 반응을 일으킨 것은 보기 드문 일이었다.

개성 강한 음악이 아닌 발라드라 더욱 의미가 있었다.

게다가 기존 미국 가요계에서 유행하던 스타일도 아니었다.

석준은 YS 사옥에서 새벽까지 머물고 있었다.

빌보드 차트 핫 100은 한국 시간으로 매주 금요일 새벽에

업데이트되는데, 공식 발표에 하루 앞선 목요일 새벽에 온라인 기사로 먼저 공개가 되었다.

'거참, 이거 너무 잘나가도 문제인데.'

석준은 디지털 싱글 앨범이 단지 홍보용이 아니라, 잘될 거라는 확신은 있었다.

중국이나 일본을 비롯한 아시아권에서는 좋은 반응이 들려올 거라고 예상했다.

그러나 지금의 결과를 보면 자신도 건우의 능력을 과소평가한 것인지도 몰랐다.

늘 상상 이상을 보여준 건우였다. 이번 일도 그러했다.

회사 차원에서 무언가 일을 진행하기가 어려울 정도로 하루하루가 급변했다.

YS에도 미국 지사가 있기는 했지만 지난해 순 손실액만 13억 원에 이르렀다.

한참 궤도에 오를 때, 중국 출신 아이돌 멤버들이 YS에서 무단이탈을 하는 바람에 일이 틀어져 지사 철수까지 거의 확정된 상황이었다.

그런 사건이 아니더라도 성공 확률이 가장 희박한 시장이기는 했다.

케이팝이라는 장르를 통해 잠깐 인기 있을 수 있었지만 미국 음악 시장에서 성공하는 것은 무척이나 힘들었다.

그의 후배인 박운영도 미국 음악 시장에서 성공할 수 있으리라는 환상을 품고 갔다가 쫄딱 망해 돌아오지 않았는가. 그나마 YS니까 이 정도로 버티는 것이었다.

한국 가요계 역사상 미국 음악 시장에 뚜렷하게 족적을 남긴 가수는 없었다.

그러나 지금 YS의 입장은 기묘했다.

가만히 있어도 저쪽에서 폭발적인 반응을 보였고, 몰려드는 제의를 검토하느라 아주 바빴다.

사업 제안은 물론, 최근에는 미국 거대 에이전트에서 협력 계약 의사를 밝혀왔다.

하룻밤 사이에 YS의 위상이 달라진 것이다.

'눈 떠보니 월드스타가 되어버렸네.'

어어? 하는 사이에 빌보드와 UK 차트에 진입하더니 이제는 정상을 눈앞에 두고 있었다.

현지 활동 없이 이러한 성과를 낸 것은 아마 역사상에도 드문 일일 것이다.

그만큼 건우의 이번 노래에는 특별함이 있었다. 그 어떤 가수도 흉내 낼 수 없는 특별한 무언가가 담겨 있었다.

건우의 노래에 단련되어 있지 않은 사람들이라면 큰 충격을 받을 만했다.

'한중 합작 영화, 미국 오디션 제의, 현지 공연 제안……'

어느 하나 쉽게 결정할 수 없는 사안이었다. 중요한 것은 건우의 의사였다.

한중 합작 영화의 배역은 건우가 좋아할 만한 배역이었다.

중국에서 가장 큰 제작사가 참여해서 그런지 출연료도 어마어마했다.

YS와 협력 제안도 와서 중국 진출을 위한 교두보 역할을 할 수 있었다.

영화만 찍는 것이 아니라 중국에서 장기적으로 머물면서 돈을 쓸어 담을 체제가 구축되는 것이다.

회사 차원에서는 엄청난 기회였다. 그만큼 중국 시장은 거대했다.

역시 돈만 보고 결론을 내린다면, 정규 앨범 발표와 더불어 중국 활동을 시작하는 것이 맞았다. 시기도 적절하게 맞아떨어지니 말이다.

'중국이라… 나는 건우에게 그것보다 더 큰 기회를 주고 싶어.'

회사의 이익도 중요했다. 그러나 이렇게 밀려오는 기회 중 어떤 기회를 잡느냐에 대해서는 건우의 의사가 가장 중요했다.

회사의 이익만으로 건우를 이용하고 싶지 않았다. 건우가 성장할 수 있다면 적자를 보더라도 지원해 주는 것이 옳았다.

그게 의형인 자신이 할 도리였고 소속사가 해야 할 일이었다.

'고민할 것도 없나? 항상 알아서 잘했으니.'

건우는 가만히 놔둬도 알아서 성장하더니 생각치도 못한 성과를 내버렸다.

미안한 마음이 많았다.

소속사 애들은 조금 떴다 싶으면 인기에 취해 사고를 치거나 하는데, 건우는 아주 올곧았다.

석준이 있는 대표실에는 린다 역시 자리해 있었다.

"야, 잘하자 좀."

"어? 왜 그래요, 갑자기?"

"앞으로 더 잘하자고."

"네! 열심히 하죠!"

석준의 말에 린다가 활기차게 대답했다.

린다는 약간 날라리 같은 외견과는 다르게 성실한 친구였다.

"그나저나 대표님. 싱글 앨범이 이 정도인데, 정규 앨범이 나오면 어떻게 될지… 흐흐흐. 이러다가 동상까지 세워지는 거 아니에요?"

"음, 이번 앨범도 솔직히 건우가 전력을 낸 게 아니긴 하지."

"가벼운 취지이기는 했죠."

린다는 건우가 얼마나 무서운 실력을 지녔는지 잘 알고 있었다.

같이 작업을 하며 건우의 진면목을 본 린다는 한동안 잠을 자지 못했을 정도로 충격을 받았다.

노래가 좋거나 가창력, 또는 재능이 뛰어나거나 하는 그런 개념이 아니었다.

마력이 있었다. 마음을 지배하는 목소리, 차라리 악마의 목소리라고 표현하는 것이 옳을 것이다.

만약 악마가 실존하여 거래의 대가로 건우의 목소리처럼 마력이 담긴 목소리를 제안했다면 자신은 분명 거래에 응했을 것이다.

린다는 분명 그렇게 생각했다.

"아! 건우 미국 활동해야 하는 거 아니에요? 막 그 유명한 토크쇼도 나가고."

"그 문제는 천천히 생각해 보자고. 건우는 일단 국내 위주로 활동하고 싶어 해. 국내에서도 활동을 거의 안 했는데 바로 해외로 나간다는 게 좀 그렇다더라."

"그렇긴 하겠네요. 역시 내 동생 건우! 착하네요."

석준과 린다는 한동안 이야기를 나누면서 발표를 기다렸다.

음악을 들으며 맥주를 먹다 보니 시간이 빠르게 갔다. 음악 이야기는 무궁무진해서 아무리 이야기를 길게 해도 질리지가 않았다.

건우를 두고 이야기할 때는 더욱 그랬다.

"오! 올라왔어요!"

"아, 긴장된다. 난 안 볼래. 네가 보고 말해줘."

석준은 긴장이 되는지, 노트북에서 뒤로 멀찍이 물러났다.

어차피 석준은 영어에 대해서는 까막눈이기 때문에 보나 안 보나 똑같았다.

린다가 노트북을 본 채로 아무 말도 없자 석준은 린다를 바라보았다.

석준과 린다의 시선이 만났다. 린다의 입꼬리가 점점 올라갔다.

"1위!"

"정말?"

"1위입니다!"

린다가 엄지를 치켜들며 고개를 끄덕이자 석준이 양팔을 벌리며 린다를 얼싸안았다.

온라인 기사에서는 건우의 1위 등극 소식을 아주 크게 전하고 있었다.

석준의 핸드폰이 마구 울렸다.

실시간으로 이 소식을 접한 지인이나 기자들이 새벽임에도 불구하고 전화를 해대고 있었다. 물론 석준은 받질 않았다.

"크흐, 역시 내 동생."

석준은 감격에 겨워 눈시울까지 붉어졌다. 그런 석준은 린다가 피식 웃으면서 바라보았다.

석준은 바로 건우에게 톡을 보냈다.

구구절절하게 장문의 축하 메세지를 남겼는데, 건우의 답장은 늘 심플했다.

석준: 방금 기사 봤다. 1위를 했더구나. 너와 처음 만날 때부터 이런 날이 올 줄 알았지.

...

(중략)

...

수고했고 항상 고맙다. 더 달려보자!

건우: 감사요ㅋㅋ.

새벽이지만 잠시 후에 답장이 왔다. 평소에는 조금 늦게 답장이 오는 편이었는데 이번만큼은 건우도 신경이 쓰였던 모양이었다.

아주 짧은 말이었지만 석준은 그 단어에서 건우가 기뻐하고 있음을 캐치할 수 있었다.

답장이 오기까지의 시간, 글자 숫자, 그리고 ㅋ이 두 개가 있다는 점에서 그러한 사실을 엿볼 수 있었다.

진희만큼 디테일하게 파악할 수는 없었지만 석준도 그러한 경지에 도달한 것이다.

"와……."

린다는 몇 번이고 기사를 읽어보았다.

실감이 잘 안 난다는 표정이었다.

린다는 인터넷이라는 것이 가진 힘을 절실하게 깨달을 수 있었다.

"진짜 꿈이야 현실이야… 우리나라에서 빌보드와 UK 차트 1위에 오른 가수가 나타날 줄은… 그것도 내 제자가……."

"제자는 무슨… 어디 가서 그런 소리 하지 마라. 돌 맞는다."

"크흠."

석준의 말에 린다는 자기가 말하고도 무안한지 헛기침을

했다.

아무튼 대한민국 역사상 처음 있는 일이었다.

60년대에 나왔던 일본 노래가 싱글 차트에서 3주간 1위를 차지하기는 했다. 그것이 생각나자 린다는 석준을 바라보았다.

"1위, 얼마나 갈 것 같아요?"

"글쎄… 너 요즘도 듣고 있냐?"

"만날 듣는데요. 그거 안 들으면 잠이 안 오더라고요. 이제는 습관처럼 들어요."

"음… 그럼 질릴 때까지 아닐까? 아무리 좋은 곡이라도 질리게 마련이지."

석준의 말에 린다는 고개를 끄덕였다가 멈칫했다. 석준도 마찬가지였다.

"아마… 엄청 오랫동안 안 질릴 것 같은데요."

"그러게."

"큰일 났네요. 아, 물론 우리 말구요."

"그러네."

석준과 린다는 미래를 대충 예상해 볼 수 있었다.

*   *   *

건우는 오랜만에 외부 스케줄을 소화하기 위해 이동하고 있었다.

부산으로 가고 있었는데 부산 국제 드라마 어워즈에 참여하기 위해서였다.

나름대로 규모가 큰 시상식이었다.

처음에는 아시아권 드라마 위주로 시작되었지만 지금은 국제적으로 많은 드라마들이 참여하고 있었다.

꽤 알려진 미국 드라마도 후보에 올랐고, 거물급 스타들도 방문한다고 한다. 나름 대대적으로 광고할 만한 시상식이었다.

'별을 그리워하는 용'은 당연히 대상 후보였고, 주연인 건우는 남자 연기자상 후보였다.

건우는 이번만큼은 목표한 상을 타고 싶었다. 저번과는 다르게 외압 없이 제대로 심사한다고 하니 좋은 경쟁이 될 것이다.

"야, 네 이야기 나오는데?"

승엽이 라디오를 크게 틀었다.

건우는 차 안에서 '골든 시크릿'의 코믹북을 읽고 있는 중이었다.

리온이 집들이 때 준 선물이었다.

어떤지 확인하려고 봤는데 의외로 재미있어 푹 빠져 보는 중이었다.

의외로 책을 읽을 때도 감정의 색채를 느낄 수 있었다. 물론 캐릭터가 내뿜는 것이 아니라 작가의 정성으로 인해 탄생한 기운이 느껴졌다.

[…빌보드 차트 핫 100 1위에 올라 대한민국 대중가요의 역사를 새롭게 썼습니다.]

[참으로 자랑스럽지 않습니까? 미튜브 조회 수도 세계신기록에 도전하고 있다구요?]

[네, 그렇습니다. 현재 조회 수는 대략 6억 6천만으로 저스틴 틴버의 7억 2천만에 근접하고 있습니다. 대략 일주일 정도면 무난하게 넘어설 수 있을 것 같습니다.]

[경악할 만한 속도네요! 이건우 씨의 향후 활동은 어떻지요?]

[YS에서는 아직 공식적인 일정을 발표하지 않고 있습니다. 팬들은 강제로 해외 진출을 시켜야 하는 것이 아니냐는 반응인데요. 이건우 씨는 오늘 오후에 있을 부산 국제 드라마 어워즈에 참석해서 자리를 빛낼 예정입니다. 올해는 정말 이건우 씨의 해라고 해도 과언이 아니네요.]

[동의합니다. 해외 반응은 어떤가요?]

[영국 현지 반응은 뜨겁습니다. 젊은이들을 주축으로……]

연예계의 이런저런 소식을 전하는 라디오 뉴스인 것 같았는데, 승엽의 말을 들어보니 '이건우 빌보드 1위 특집'이라고 말해줬다.

"신기하네."

"너 9시 뉴스에도 나왔는데, 이 정도야 뭐……"

"그렇긴 한데, 별로 실감이 안 나."

사옥과 집만 오가서 그런지, 제의가 엄청 왔다는 소식만 들었을 뿐 평소와 다른 점을 느끼지 못했다. 어떤 홍보 활동이나 해외 마케팅을 전혀 하지 않아서 더더욱 그런 면도 있었다.

"나는 엄청 바빠졌어. PD며 작가며 엄청 전화 온다니까? 심지어는 국회의원까지 막… 어휴, 내년에 선거가 있잖아."

"그래?"

"뭐, 월드스타의 매니저인 내가 넓은 마음으로 이해해야지. 흐흐."

승엽이는 기분이 무척 좋아 보였다.

건우 덕분에 갑의 입장을 누리고 있는 중이었다.

과거 엑스트라나 단역을 전전했을 때와는 상반된 입장이었다.

이제는 YS에서도 없어서는 안 될 인물이 되어 있었고 연봉도 엄청 올라 돈 걱정은 하지 않았다.

귀여운 코디랑도 사귀기 시작했으니 건우보다 행복할지도 몰랐다.

실제로 승엽의 얼굴에서는 미소가 떠나가지 않았다. 건우가 보는 앞에서 염장을 엄청 지르기도 했다.

아무튼 빌보드에 오르고 첫 공식 스케줄이었다.

유진렬의 뮤직노트 이후로 오래간만에 대중 앞에 모습을 드러내는 것이었다.

이후의 스케줄은 빡빡하게 짜여 있었다.

너무 인기가 많아져 원하지 않아도 활동을 해야 하는 기이한 상황이었다.

부산으로 가는 길은 편안했다.

책을 읽다 보니 어느새 도착해 있었다. 조금 여유가 있어 대기하다가 부산 국제 드라마 어워즈가 열리는 공개 홀로 이동했다.

교통이 일부 통제가 되어 있었다.

한국방송협회가 주최하는 부산 국제 드라마 어워즈는 벌써 12회가 진행되어 이제는 부산 국제 영화제와 더불어 상징적인 행사로 자리 잡고 있었다.

올해 출품작이 232작에 달했고 본심에는 국제적으로 유명한 드라마 총괄 프로듀서, 감독, 평론가 등이 참여한다고 한다.

해외의 다른 유명한 시상식에 비할 바는 아니지만 드라마 쪽에서는 의미를 꽤 갖는 시상식이었다.

한국방송협회는 세계적인 행사로 키워가겠다는 포부를 밝히고 있었다.

특히 이번에는 규모가 예년보다 크게 열렸는데, 미튜브를 통해서도 실시간으로 방송되었다.

한국의 인기 있는 아이돌 가수들도 무대를 빛내줄 예정이니 해외 케이팝 팬들도 기대하고 있었다.

순서를 두고 레드 카펫과 포토 라인 쪽으로 입장할 예정이었다.

레드 카펫 쪽에서 가볍게 인터뷰를 하는 인물은 전문 MC가 아니었는데, 대신 영어와 한국어에 모두 능통했다.

아무래도 국제적인 행사다 보니 그런 부분에 신경을 더 쓴 모양이었다.

건우의 차량이 레드 카펫으로 향하기 전에 미리 MC에게 소식을 전해주었다.

본래는 지윤과 같이 레드 카펫을 밟을 생각이었지만 지윤은 지금 해외 스케줄 때문에 이번 시상식에는 참여하지 않았다.

만약 지윤이 상을 타게 되면 건우가 대신 받아줄 예정이었다.

건우는 창문을 통해 레드 카펫 쪽을 바라보았다.

대단한 인파였다.

국내 취재진은 물론 해외 기자들도 레드 카펫 앞에 잔뜩 몰려와 있었다.

구경하는 사람들도 물론 엄청나게 많았다. 아주 많이 과장하자면 부산 사람들이 다 몰려온 것 같은 느낌이었다. 이름이 익숙한 해외 방송국의 카메라도 보였다.

"엄청 많네."

"그럼, 누가 오는데. 우리 월드스타 맞이하려면 이 정도는 되어야지."

승엽의 말에 건우는 고개를 설레 저었다.

월드스타.

한국에서 월드스타란 단어는 이제 건우를 지칭하는 단어가 되어버린 느낌이었다.

솔직히 말하면 부담스러웠다. 그냥 평범하게 배우, 또는 가수 이건우가 좋았다.

건우의 차가 보이자 MC가 마이크에 입을 가져다 대었다.

"올해 최고의 대세남, 세계가 인정한 남자! 월드스타 이건우 씨가 들어오고 계시다고 합니다. 이건우 씨는 '별을 그리워하는 용'으로 남자 연기자상 후보에 오르셨습니다. 최근 빌보드 1위에 오르셨는데 이런 걸 두고 겹겹경사라고 하는 걸까요?"

이어서 MC는 영어로도 말해주었다. 내용은 살짝 달랐지만 말이다.

건우가 탄 밴이 레드 카펫 앞에 멈춰 섰다.

아직 건우가 내리지 않았음에도 카메라 셔터가 터지기 시작했고 방송국 카메라의 시선이 몰렸다.

저번에 참여했던 시상식도 굉장했지만 지금은 그때와 비교도 할 수 없었다.

건우는 차에서 내려 레드 카펫을 밟았다.

카메라 플래시가 터지며 해가 저물어 어두워진 주위를 환하게 밝혔다.

마치 밤하늘을 수놓은 은하수를 보는 듯했다. 이 순간만큼은 세상이 건우를 중심으로 돌아가고 있었다.

"사랑해요!"

"여기 좀 봐요!"

함성 소리가 엄청났다. 건우는 간절함이 담긴 소리를 무시할 수 없었다.

포토 라인에 서기 전에 건우는 몰려온 팬들에게 다가갔다.

해외에서 온 팬들도 많았는데 그들 중에는 중국, 일본 쪽뿐만 아니라 유럽이나 다른 서양권의 팬들도 있다는 것이 신기하게 느껴졌다.

'내가 뜨긴 떴구나.'

중국에 갔었을 때만큼 실감이 되었다.

"꺄악!"

건우가 환하게 웃으며 팬들이 뻗은 손을 가볍게 잡아주자 굉장히 기뻐했다.

몇몇 팬들은 그대로 부르르 떨다가 바닥에 주저앉기까지 했다.

건우는 그 존재감을 마음껏 발산하고 있었다.

건우의 존재감은 무수히 몰려온 인파들을 압도하고 있었다.

그들에게는 오로지 건우밖에 보이지 않았다.

건우를 향해 쏟아지는 감정이 건우의 기분을 좋게 만들고 들뜨게 만들었다.

건우가 팬들에게 손을 흔들어주고 포토 라인으로 가려 할 때였다.

"싸랑해요! 사진 찍어……."

건우와 제법 떨어진 곳에서 어눌한 한국말이 들렸다.

주변 소리에 묻혀 버려 건우가 아니었다면 들을 수 없었을 것이다.

건우가 고개를 돌려보니 해외 팬으로 보이는 소녀가 한

손에는 플래카드를 들고 한 손에는 핸드폰을 들며 소리치고 있었다.

플래카드는 '사랑해 건우'라고 써져 있었는데, LED 전구로 만들었는지 핑크색 불빛을 뿜고 있었다.

해외에서 여기까지 찾아온 것도 대단한데 그런 것까지 준비한 정성이 대단하다고 느껴졌다.

건우가 다가가자 그 팬은 깜짝 놀라며 굳어졌다.

건우는 팬에게 핸드폰을 받아들고 그대로 같이 사진을 찍었다.

"더 찍을까요?"

건우의 말에 팬이 멍한 표정으로 고개를 끄덕이자 건우는 팬의 핸드폰으로 셀카를 찍었다.

조금 오버한 감이 없지 않아 있었지만 고마움에서 나온 행동이었다.

멀리서 찾아온 만큼 한국에서의 좋은 기억을 만들어주고 싶었다.

"아! 이건우 씨, 이쪽으로 모실게요."

"네."

"팬 서비스가 아주 화끈하시네요!"

MC의 말에 건우는 포토 라인에 섰다.

처음 시상식에 참여했을 때보다 훨씬 더 여유가 있었다.

이 많은 사람들이 자신을 바라보고 있다는 사실이 대단히 짜릿한 느낌을 주었다.

전생의 기억이 있어 누그러진 부분이 많았지만 어쨌든 건우는 관심받기를 좋아했었다.

잠시 촬영 시간을 갖자 MC가 웃으며 다가왔다. 그녀는 시상식에 걸맞게 화려한 드레스를 입고 있었다.

"건우 씨, 요즘 건우 씨의 이야기로 떠들썩한데요. 인기를 실감하시나요?"

"네, 여기 부산 국제 드라마 어워즈에 오게 되니 실감이 조금 나네요. 작년에는 집에서 봤거든요. 이토록 많은 분들이 계실 줄은 몰랐습니다."

"저도 그랬어요. 사실 건우 씨를 만나 뵙기 위해 이번에 필사적으로 신청을 했어요."

"감사합니다. 영광입니다."

"아, 아니요. 제가 영광이죠."

MC의 말에 건우가 살짝 웃음이 터졌다. 립 서비스였지만 당연히 기분은 좋았다.

건우의 웃음은 사람을 편안하게 만들어주는 매력이 있었다.

건우의 외모는 말할 것도 없고 부드러운 매력이 더해지니 치명적이었다.

'역시 부드러운 이미지로 가는 게 좋겠어.'

건우는 훌륭하게 연기해 내고 있었다.

가식적으로 느껴질 수도 있겠지만 이미지 관리는 배우에게 꼭 필요한 일이었다.

그런 이미지 관리가 작품과 바로 직결되기 때문이다.

TV는 물론, 인터넷 생방송으로도 그 모습이 중계가 되었다.

특히 미튜브 실시간 스트리밍은 인원이 폭발적으로 늘어갔다.

처음에는 3만 명 정도였는데 순식간에 20만 명을 넘어섰다. 지금도 계속 늘어가고 있었다.

건우가 등장하면서 잠잠했던 실시간 채팅창이 급속도로 올라갔다.

한국어뿐만 아니라 영어, 중국어, 일본어 등이 한데 섞여 혼란 그 자체였다.

한번 채팅을 입력하면 3분가량 입력할 수 없음에도 엄청나게 채팅이 빠르게 올라갔다.

racae: 아까 에릭 보고 진짜 잘생겼다고 생각했는데… 지금 보니 걍 꼴뚜기였네ㅋㅋ. 할리우드 배우 개바르는 거 보소ㅋㅋ.

kami: www왔다!! 건우신 강림! 죽어도 좋아!

anee: 완벽해. 멋져.

김몽: YS는 건우신을 당장 강제 출국시켜라! 국가 차원에서 관리해라! 국위 선양을 하게 해줘라!

김현수: 캬아! 건뽕 한 사발 하고 갑니다!

난예쁜예린: 별거 없네. 우리 민 오빠 나가면 100만 명 운집하고 그랬는데, 저게 월드스타임? 풉! 건슬람들 ㅉㅉㅉㅉ. 영화 대표작도 없음ㅋㅋ. 풉ㅋㅋㅋ.

물론 어그로는 어디에나 있었다.

건우는 MC와 간단힌 이야기를 마치고 마지막으로 한 번 더 포즈를 취해준 후 시상식이 열리는 공개 홀 안으로 들어섰다.

레드 카펫은 무언가 마력을 지닌 것 같았다.

밟는 것만으로도 구름 위를 날아다니는 느낌이 들게 해주었다.

밟으면 밟을수록 행복해지는 기분이었다.

'대기실이 넓네.'

잠깐 대기실에 들렀다. 가장 큰 대기실은 넓은 홀처럼 되어 있었는데, 많은 배우와 관계자들이 담소를 나누고 있었다.

과일이나 과자, 그리고 음료도 놓여 있었다.

딱딱하지 않은 자유로운 분위기였다.

시상식이라고 생각하지 않았다면 큰 모임같이 보일 정도였다.

"건우 씨, 반가워요. 저 아시죠?"

"와, 건우 씨, 저랑 같은 중학교 나오셨더군요. 그래서 말인데……."

"빌보드 1위 축하해요! 남자 연기자상도 거의 확정적이라던데요?"

건우가 나타나자 모두 건우에게 우르르 몰려왔다.

저번 시상식에서 봤던 배우, 이진국 라인에 있던 배우들도 있었다.

그때는 아는 척도 하지 않더니, 참으로 웃긴 상황이기는 했다.

본래는 건우가 선배 배우에게 먼저 인사를 하는 것이 예의였지만 워낙 화제의 중심에 있다 보니 선배, 후배 가릴 것없이 먼저 찾아와 인사를 하고는 상당히 친한 척을 했다.

모두 웃는 낯이었는데 질투가 느껴져 조금은 추하다는 생각이 들었다.

물론 전부가 그런 것은 아니었다.

건우는 적당히 상대해 주다가 바로 공개 홀 안으로 들어갔다.

"오."

건우는 그답지 않게 살짝 감탄사를 흘렸다.

좌석들이 채워지고 있었는데, 가운데 쪽에 좌석에 앉아 있는 무리가 보였기 때문이다.

'시즌 2까지는 봤었는데.'

군대를 제대하고 한동안 빠져서 봤던 미국 드라마, 한국 번역 제목으로는 '미해결탐정'이었다.

탐정 이야기였는데, 적당히 액션도 있고 미스터리도 있어 한국에서도 인기가 많았다.

최근 미국에서는 인기가 줄어들고 있다고는 하는데, 그래도 ACW 스튜디오의 대표작이었다.

참고로 부산 국제 드라마 어워즈에는 시즌 4가 출품되어 있었다.

탐정 역의 에릭 해리스, 여형사로 나오는 제인 윌리암스가 나란히 앉아 있었다. 다른 관계자들도 같이 자리를 하고 있었다.

케이블 채널에서 연속 방영으로 해줬을 때 하루 종일 본 기억이 있었다.

그런 배우들이 저 앞에 있으니 제법 신기하기도 하고 재미 있기도 했다. 같은 배우임에도 왠지 다른 세계에 사는 인물들 같았다.

건우가 동경했던 세계였는지도 몰랐다.

'다른 세계라……'

왜인지 저 배우들을 보니 자신이 좁은 세계에서 살고 있다는 것 같은 생각이 들었다.

좀 더 다양한 것들을 경험해 보고 싶었다. 좀 더 시야가 넓어지는 느낌이 들었다.

건우는 고개를 끄덕였다.

'나도 생각이 좁았나? 돈은 충분할 만큼 들어오고 있고……'

많은 내공을 습득하기 위해서라도 해외로 진출하는 것이 옳았다.

그 예로 아름다운 모든 것들의 영향으로 최근에는 평소보다 몇 배나 많은 기운들이 몰려오고 있었다.

순도도 높았다.

'별을 그리워하는 용' 때와는 비교도 되지 않았다. 그리고 자신의 힘이 세계에 긍정적인 영향을 끼치고 있다는 걸 느낄 수 있었다.

'좀 더……'

건우는 좀 더 그런 영향력을 끼치고 싶어졌다. 그게 자신의 힘이 존재하고 전생의 기억이 돌아오게 된 이유인지도 몰랐다.

잠시 생각에 빠졌던 건우가 다시 자신의 자리로 향하기 시작했다.

건우는 너무나도 눈에 띄었다.

건우가 지나가니 주변의 모두가 바라보았다. '달빛 호수' 때도 그러기는 했지만 보는 눈빛이 달랐다.

그때는 호기심, 그리고 외모에 대한 감탄 정도였지만 지금은 대부분 호감, 선망 심지어 존경의 감정까지 느껴졌다. 달라진 위상을 확실하게 느낄 수 있었다.

그때, 에릭 해리스가 건우를 보더니 벌떡 일어나 다가왔다.

제인 윌리암스는 무슨 일인가 싶어 에릭을 바라보다가 건우를 발견했다. 제인의 입이 살짝 벌어졌다. 꽤 볼만한 표정이었다.

'음?'

건우는 다가온 에릭과 눈이 마주쳤다.

30대 중반인 에릭은 남자다운 느낌이 강했다. 키도 컸고 근육도 적당히 붙어 있었다. 그럼에도 부드러운 분위기가 흘러 신사 같은 느낌이었다.

"안녕하세요, 건우 씨. 좋은 밤이네요. 이번 작품 잘 봤습니다. 그리고 아름다운 모든 것들, 그 노래도 정말 환상적입니다."

에릭이 영어로 말해왔다. 건우가 살짝 놀란 듯 에릭을 바라보자 에릭은 건우가 영어를 못하면 어쩌나 하고 걱정하는 기색을 내비치며 건우를 바라보았다.

에릭은 악수를 권해왔다. 건우는 웃으며 그의 손을 잡았다.

"예. 저도 '미해결탐정' 정말 좋아합니다."

"오, 정말요?"

"시즌 2까지는 다 봤습니다."

건우의 영어 발음은 완벽했다. 일상 대화는 전혀 문제가 없었다.

한국어를 할 때와는 약간 다른 느낌이 났는데, 조금 더 정중한 분위기였다.

"아! 이런, 전 에릭 해리스입니다. 아시다시피 배우입니다."

"이건우입니다. 가수 겸 배우입니다."

"하하, 알고 있습니다. 아마 여기 있는 사람들 모두 다 알걸요?"

TV를 통해 많이 봤던 얼굴이라 그런지 신기하면서도 친근했다.

원래 알고 지내는 사이처럼 느껴지기까지 했다. 에릭도 마찬가지였다.

건우에게서 발산되는 부드럽고 편한 기운이 건우에게 친밀감을 갖게 만들었다.

잠시 이야기를 나누고 있을 때 에릭의 뒤로 제인도 다가왔다.

드레스를 입고 있는데, 금발에 푸른 눈, 전형적인 서양 미녀라는 느낌을 주었다.

차분한 느낌의 드레스였지만 육감적인 몸매 때문에 섹시하게 느껴졌다. 물론, 건우는 그런 눈으로 바라보고 있지 않았다.

건우는 제인과 눈이 마주치니 제인의 시선이 마구 흔들리는 것을 볼 수 있었다. 당당해 보이는 외견과는 다르게 수줍음이 많아 보였다.

"안녕하세요?"

"아, 네. 안녕하세요?"

건우가 먼저 영어로 인사를 건네자 그녀는 어설픈 한국말로 인사를 건넸다.

건우가 웃으며 다시 한국어로 인사를 하자 왜인지 에릭이 크게 웃었다.

"하하, 참 나, 내가 처음에 말 걸었을 때는 엄청……."

"에릭……."

"음……!"

제인이 서늘한 눈으로 바라보자 에릭이 입을 다물었다.

아직 시상식이 시작하려면 시간이 조금 남았기에 대화를 나눌 수 있었다.

건우는 생각보다 평범한 그들의 태도에 조금 놀랐다. 처음에 제인은 살짝 굳은 듯 보였지만 이야기를 할수록 표정이 풀어지고 활발한 모습이 되었다.

'제인은 기운에 민감한 건가?'

그녀는 건우의 기운에 취한 듯 보였다.

어렸을 때부터 교육을 받았다면 절정고수가 될 수 있을 것 같았다.

지금은 아무리 노력해도 무리겠지만 말이다.

최근 들어서 부쩍 늘어난 내공 덕분에 건우에게서는 자연스럽게 기운이 발산되고 있었다.

일반인에게는 미미한 영향을 끼칠 정도였다. 건우는 기운을 억눌렀다.

'아무튼 선입견이군.'

그들은 거물급 스타 배우였다.

최근 빌보드 1위를 했다고는 하나 인지도 면에서 자신과는 비교도 할 수 없었다.

약간의 거만함이나 무시 정도는 있을 수 있다고 생각했지만 그런 기색은 전혀 없었다.

실제로 이번 부산 국제 드라마 어워즈를 이유로 한국에 온다고 했을 때, 한국의 위상이 높아졌다고 말하는 기사들도 있었다.

거기서 완전히 오버해서 건우와 연결시키는 행태를 부리기까지 했다. 건우가 그 사실을 모르는 것이 다행이라면 다행이었다.

"정말 감탄했어요. 마지막에는 하루 종일 후유증 때문에 움직이지도 못했어요. 한국 드라마는 별로 안 좋… 아, 그… 절대 비하하는 거 아니에요. 자막이 익숙하지 않아서 다른 해외 드라마도 안 봐요. 믿어주세요."

"네, 이해합니다."

"근데, 건우 씨가 출연한 작품은 모두 다 볼 수밖에 없더라구요! 그런 환상적인 경험은……."

수줍은 성격인 줄 알았는데, 얘기를 나누다 보니 활발함이 느껴졌다.

건우가 의도한 바는 아니었지만 건우의 주변에 흐르는 편안한 기운 덕분에 그녀의 경계가 단번에 풀어진 것이다.

의도하지는 않았지만 건우에 대한 호감도가 무럭무럭 솟아나는 중이었다.

평소에 건우에 대한 호감이 있던 것도 한몫했다.

건우가 가족처럼 친근하게 느껴져 그녀의 수다가 길어지

고 있었다.

"'달빛 호수'도 너무 좋았어요."

제인은 건우가 출연한 작품을 다 찾아본 모양이었다. 처음에는 노래에 관심이 있었다가 배우라는 걸 알고 작품에까지 흥미가 생긴 것이었다.

건우는 정중하게 대하고 있었지만 제인이나 에릭 쪽에서 친해지고 싶다는 기색을 내비쳤다.

"언젠가는 그래미상을 비롯해 다른 상들도 모두 타실 거예요!"

"아뇨, 그 정도는……."

"확신합니다, 전! 아! 끝나고 혹시 바쁘신가요?"

제인은 상당히 적극적이었다. 건우를 놓아줄 기색이 전혀 없자 에릭이 웃으며 말렸다.

"제인, 실례야."

"죄송해요. 친해지고 싶어서……."

"그거 너무 솔직한 거 아니냐?"

"그, 그런가?"

제인이 다시 한번 사과하자 건우는 고개를 저었다.

"아닙니다. 저도 같은 마음입니다."

"그럼 연락처를!"

결국 아주 친한 친구 같은 포즈로 사진까지 같이 찍고 연락처까지 교환하고 나서야 건우는 풀려날 수 있었다.

조금 이상하고도 묘한 경험이라고 생각했다.

"건우 씨, 오랜만이에요."

"작가님. 안녕하세요? 잘 지내셨나요?"

"저야 뭐 늘 똑같죠. 근데 건우 씨는 볼 때마다 멋져지네요."

"하하, 감사합니다."

이선 작가는 물론 최민성 PD도 와 있었다. '별을 그리워하는 용'팀에서 배우로는 동진과 건우만이 자리해 있었다. '별을 그리워하는 용'팀 좌석 뒤로 드라마 OST상 후보에 오른 가수들도 보였다.

모두 건우보다 훨씬 선배였다.

"안녕하세요? 선배님."

"아… 네, 바, 반가워요."

"아, 안녕하세요?"

건우가 먼저 인사하자 선배 가수들이 살짝 굳어 있다가 웃는 얼굴로 건우의 인사를 받아주었다.

조금은 어색한 표정이었다. 건우를 엄청 어려워하는 기색이 강했다.

가수라면 누구나 꿈꾸는 UK 차트 1위, 빌보드 1위를 달성한 가수가 바로 건우였다.

건우가 고개를 돌려 옆을 보니 조금 떨어진 좌석에서 제인이 손을 흔들고 있었다.

옆에 있던 동진과 이선 작가가 그 모습을 보고 신기하게 건우를 바라보았다.

"오, 제인 윌리암스 아니냐?"

"참 좋은 연기를 하는 배우지요. 요즘 들어 진부해지는 내용도 연기력으로 커버를 하더군요. 차가운 인상이었는데 의외네요? 건우 씨, 아는 사이예요?"

건우는 이선 작가의 말에 살짝 고개를 끄덕였다.

"방금 아는 사이가 되었습니다."

"완전 절친 같은데?"

"네, 뭐……."

동진은 건우의 말에 고개를 끄덕였다. 납득이 안 되는 것은 아니었다.

동진도 드라마 촬영을 하며 건우의 알 수 없는 매력을 직접 경험한 인물이었다.

'진희 씨가 조금 곤란하겠는걸?'

동진은 그렇게 생각하고 그냥 넘길 뿐이었다.

제인은 건우가 반응해 줄 때까지 손을 흔들 기색이었다. 건우가 살짝 손을 들어주자 만족한 듯 웃었다. 친해진 건 좋은데, 종잡을 수 없는 성격이라 생각했다.

잠시 기다리자 시상식이 진행되었다. 시상식은 한국어와 영어로 동시에 진행이 되었다.

'화려하기는 하네.'

나름 국제 행사다 보니 대단히 화려했다.

인지도 높은 남녀 배우가 시상식을 진행하기 시작했다. 분위기는 꽤 무거웠다.

저번 시상식은 국민 MC가 주도하여 띄웠지만 이번 시상식은 그런 것이 하나도 없었고 시종일관 진중한 분위기 속에서 진행되었다.

그러다 보니 역시 지루했다.

그러나 건우는 그런 감정을 전혀 티내지 않고 열심히 박수를 쳤다.

축하 무대를 몇 번 보고 지루한 시간을 보내다 보니 남자 연기자상 수상이 다가왔다.

"남자 연기자상입니다. 시상에는 한국방송협회 이상협 회장님께서 나와 수고해 주시겠습니다."

한국어로 말한 뒤에 영어가 바로 들렸다. 중년의 남자가 무대 위로 올라왔다.

동진이 건우의 어깨를 툭툭 쳤다.

"저기 봐. 제인 윌리암스가 더 긴장하는데?"

"네?"

동진이 손가락으로 제인 쪽을 가리켰다.

제인이 두 손을 꼭 붙잡으며 긴장한 표정으로 무대를 바라보고 있었다.

무슨 일생일대의 발표를 앞둔 것처럼 보였다.

에릭이 그 모습을 보고 어이가 없다는 듯 고개를 젓는 모습도 보였다.

"날 응원해 줘야 하는 거 아닌가?"

"무슨 말씀이시죠?"

"아니다, 아니야."

그들이 그런 대화를 주고받는 줄도 모르고 건우는 다시 시선을 돌렸다.

"남자 연기자상, 이건우!"

"이건우 씨입니다! 축하드립니다. 이건우 씨는 '별을 그리워하는 용'에서 인상적인 연기를 선보이셨습니다. 심사위원 만장일치로 남자 연기자상에 선정되셨습니다."

"꺄악!"

건우는 자리에서 일어났다.

동진이 건우를 끌어안으며 축하해 주었다.

건우는 의외로 담담한 기분이었다. 기쁘기는 했지만 생각했던 것보다 덜했다. 그냥 드디어 올 것이 왔다는 느낌이었다.

'하긴, 빌보드 1위도 하고 그랬으니……'

이제 놀랄 일은 그다지 없기 때문인지도 몰랐다.

건우가 무대 위로 올라가자 이상협 회장이 직접 트로피를 건네주었다.

금으로 된 트로피가 아니라 투명한 크리스탈로 만들어져서 반짝반짝 빛을 내뿜고 있었다.

수상 소감을 말할 차례였다.

물론 건우는 남자 연기자상을 받으리라 예상하고 준비한 수상 소감이 있었다.

"안녕하세요? 이건우입니다. 먼저 이런 큰 상을 받게 되어 대단한 영광입니다. 정말 기쁩니다. 많은 논란이 있었음에도 저를 믿어주시고 지지해 주신 최민성 감독님, 이선 작가님에게 감사를 전합니다. 연기자로서, 그리고 한 사람으로서도 성장할 수 있게 도움을 주신 지윤 선배님, 동진 선배님……."

시간 관계상 스태프의 이름을 전부 부를 수는 없었다.

"마지막으로 YS 이석준 대표님, 그리고 선배, 후배 식구들에게도 감사를 전합니다. 감사합니다."

분명 지금 라이브로 보고 있을 것이다.

건우가 깊게 고개를 숙이고 나서 무대 밑으로 내려왔다. 수많은 배우들이 축하해 줬는데 어느새 다가온 제인이 건우에게 포옹했다.

"축하해요."

"감사합니다."

건우는 살짝 당황했지만 웃으면서 자연스럽게 행동했다. 에릭도 다가왔는데, 건우가 미안한 표정을 짓자 웃으며 고개를 저었다.

"축하합니다. 저는 지금까지 상을 엄청 많이 탔으니 한 번쯤은 못 받아도 됩니다."

"감사합니다."

다시 시상식이 진행되었다.

여자 연기자상은 지윤이 탔다. 건우가 대신 올라가서 상을 받고 내려왔는데, 이번에는 에릭이 먼저 씨익 웃으면서 다가오더니 건우를 끌어안았다.

엄청나게 짧은시간이었지만 부쩍 친해져 버린 기분이 들었다.

대상 역시 '별을 그리워하는 용'이었다. '미해결탐정'은 최우수 작품상 장편 부문의 상을 탔다.

좋은 인연이 생긴, 생각보다 더 의미가 있는 시상식이었다.

      *   *   *

스톤 브러쉬.

그는 북미 최고의 원화가를 꼽으라면 늘 다섯 손가락 안에 꼽히는 원화가였다. 수많은 게임 원화, 영화 컨셉 디자인에 참여하여 많은 작품을 남겼는데, 특히 많은 마니아가 있는 게임, 블랙 크래프트의 아트 디렉터로 유명했다.

블랙 크래프트의 독특한 컨셉은 사이버 펑크, SF뿐만 아니라 판타지에 이르기까지 전반적으로 아주 많은 영향을 주었다.

오죽하면 '스톤 브러쉬 화풍의 게임' 또는 '스톤 브러쉬류'라는 말까지 나오겠는가.

본래는 회사에 소속되어 있었지만 퇴사 후, 지금은 외주만 받고 있었는데 그의 명성에 맞게 작업비는 대단히 높았다.

물론 그럼에도 불구하고 작업은 밀려들었다.

그러나 그는 돈보다는 그림 그리는 것이 행복한 진짜 예술가였다.

그가 아트 디렉터로 활약할 때만 해도 대중들이 요구하는 그림, 회사가 원하는 그림을 그렸지만 지금은 아니었다. 그가 그리고 싶은 그림만 그렸다.

이미 돈은 벌 만큼 벌어 아쉬울 것이 없었다. 그가 더 큰 돈을 벌 수 있었음에도 퇴사를 한 것은 대중들이 원하는 그림에 회의감이 들어서였다.

"음… 부족해."

재능이 부족한 걸까? 노력이 부족한 걸까?

그는 액정 태블릿에 떠올라 있는 그림을 보며 긴 한숨을 내쉬었다.

펜을 내려놓으며 그는 고개를 설레 저었다.

그림은 숲속에 있는 여자 엘프였다.

지난 3년 동안 그가 그린 여자 엘프만 해도 500장에 가까웠다.

그렇다. 그는 엘프 마니아.

조금 안 좋은 말로 표현하자면 혼모노, 진성 오타쿠였다. 어린 시절 보았던 '골든 시크릿' 소설이 그의 그런 취향을 만드는 데 큰 역할을 했다.

전혀 모르는 사람이 본다면 왜 그런 것을 그리냐고 손가락질을 할지도 몰랐지만 그는 엄연히 이쪽 분야를 개척하고, 북미는 물론 전 세계의 엘프 이미지를 확립하는 데 어마어마한 기여를 한 사람이었다. 사람들은 그를 엘프의 아버지라 부르기까지 했다.

그는 철저한 사람이었다.

보다 완벽한 엘프를 그리기 위해 관련 자료, 책 수집은 물론, 깊은 숲속에서 캠핑까지 했다. 엘프에 어울리는 남자가 되어야 한다면서 몸 관리를 아주 철저히 한 덕분에 근육질이었다.

엘프에 조금, 아니, 많이 광적으로 집착하기는 했지만, 그것을 제외한다면 그래도 한 가정을 꾸린 평범한 남편이이기도 했다.

'흐음……'

그는 세상이 무너질 것처럼 고민하고 있었다.

슬럼프였다. 아무리 그려도 그저 예쁜, 여배우 같은 엘프만 나올 뿐이었다.

의사 수준으로 인체학을 공부하며 얼굴의 이상적인 형태가 무엇인지 끊임없이 노력했지만 더 이상 성장할 수 없었다.

그는 요즘 처음으로 자신의 부족한 재능을 한탄했다.

'한 번만 실제로 볼 수 있다면……!'

만약 그럴 수만 있다면 소원이 없을 것이다.

그는 거칠게 펜을 내려놓았다.

마음 같아서는 집어 던지고 싶었지만 W사에서 그를 위해 제작해 준, 세상에서 단 하나밖에 없는 액정 태블릿과 펜이었다.

그는 또 다시 한숨을 내쉬었다.

환상에만 있는 존재를 어떻게 만날 수 있을까?

"하아, 모르겠어."

스톤은 식은 커피 잔을 들고 자리에서 일어났다. 그의 집은 그가 직접 인테리어에 관여해서 만든 집이었다. 집안 풍경은 영화 세트장에나 나올 법했는데, 덕분에 잡지에도 실리기까지 했다.

물론 컨셉은 엘프의 집이었다.

그의 아내도 그런 그의 취향을 잘 받아주었다. 결혼식도 평범하게 한 것이 아니라 코스프레까지 해서 화제가 되었다. 코스프레는 당연히 엘프였다.

그는 작업실을 나와 여기저기 기웃거렸다.

집이 쥐 죽은 듯이 조용했다.

그는 고개를 갸웃하며 침실로 가보았다. 그의 아내가 노트북으로 무언가를 보고 있었다. 아내는 회계사로, 워크홀릭이라 휴일임에도 집에서 작업을 하고 있는 줄 알았는데, 아니었다.

슬쩍 다가가 보니 미튜브를 보고 있었다.

요즘 유행하는 실시간 스트리밍 방송인가 싶어 물어보기 위해 입을 뗐다.

"뭐……."

"쉿!"

"응? 뭘 보는 건… 읍!"

아내가 노트북에 시선을 고정한 채 손을 뻗어 그의 입을 막아버렸다.

스톤도 고개를 돌려 노트북을 바라보았다. 부산 국제 드라마 어워즈라고 써져 있었다.

'드라마 시상식인가? 음, 한국어? 부산이면 한국 도시였지?'

예전에 한국에 초청 강연을 간 적이 있어 알 수 있었다.

한국어와 함께 영어가 들려왔다.

그러고 보니 아내가 요즘 드라마에 빠져 있는 것이 떠올랐다.

저번에는 휴가까지 내고 방에 틀어박혀 있었는데, 그도 그림에 빠져 있어 아내가 무엇을 보는지 제대로 알지조차 못했다.

축하 무대인지 아이돌들이 나와서 노래와 춤을 불렀다. 상당히 귀엽고 아름다웠지만 그는 관심이 전혀 없었다.

인간의 외모 따위를 보고 감탄할 정도로 그의 덕력은 낮지 않았다.

이미 그의 심미안은 현실을 초월하고 있었다.

아내한테는 미안하지만 아내를 만날 때 외모는 전혀 고려 대상이 아니었다. 물론 아내를 진심으로 사랑하고 있었지만 말이다.

[남자 연기자상입니다. 시상에는 한국방송협회 이상협 회

장님께서 나와 수고해 주시겠습니다.]

한국어 뒤에 영어가 들렸다. 아내가 왜 시상식을 보는 건지 궁금했다. 둘 다 일만 생각했기 때문에 소원해진 감이 있었다.

그런 생각이 들자 스톤은 많이 미안해졌다. 스톤은 아내의 옆에 앉아 같이 노트북을 바라보았다.

남자 연기자상 후보의 화면이 떴다. 그가 아는 배우가 있었다.

'음, '미해결탐정'의 에릭 해리스가 후보네. 이번 시즌 4는 예전만 못하다고 하던데……'

그런 소식을 들은 것 같았다. 아내가 보던 게 아무래도 '미해결탐정'인 것 같았다. 그가 흥미를 잃고 고개를 돌리려 할 때였다.

그의 동공이 커졌다. 머릿속에 벼락이 내려치는 것 같았다.

후보를 소개하는 짧게 잘린 영상은 그에게 엄청난 충경을 선사해 주었다.

머릿속이 하얗게 변했다.

그의 아내는 수상 발표를 기다리고 있다가 그대로 굳어버린 남편을 보고 깜짝 놀랐다. 마치 시간이 정지된 것처럼 몸이 멈춰 있었다.

[남자 연기자상 이건우!]

화면이 이건우를 비추었다. 이건우가 자리에서 일어나며 환하게 웃었다. 주변에 있던 배우들이 축하해 주며 박수를 쳐주었다.

스톤은 움직일 수 없었다.

눈을 깜빡하지도 않았다. 그의 시선은 화면에 고정되어 떨어질 줄 몰랐다.

"꺄아악!"

아내는 소녀처럼 비명을 지르며 엄청 좋아했다. 방 안을 방방 뛰었다.

멈춰 버린 스톤보다 건우가 상을 받는 지금 이 순간이 중요한 것은 당연했다.

아내가 무슨 짓을 하든 말든 스톤의 정신은 돌아오지 않았다.

이건우가 무대 위에 올라섰다.

주변 인물들은 장식으로도 보이지 않았다. 자동으로 아웃 포커스가 되어 보였다.

그의 몸짓 하나하나가 너무나 압도적이었다.

주변 공기를 지배하는 것 같은 착각이 화면 너머 그에게 까지 전해졌다.

"와아! 역시 그럴 줄 알았다니까!"

아내의 목소리에 정신이 돌아오는 것 같을 때였다. 이건우가 수상 소감을 말하기 시작했다.

[안녕하세요? 이건우입니다. 먼저 이런 큰 상을 받게 되어 대단한 영광입니다. 정말 기쁩니다…….]

목소리가 너무 달달했다.

건우의 목소리를 듣고 있는 여배우들의 표정이 풀어졌다. 그의 아내도 마찬가지였다.

스톤의 간신히 돌아왔던 정신이 다시 아득해졌다.

사물에 민감하게 반응하고 감수성이 풍부하다는 것은 예술가에게 축복이었지만, 그를 더욱 큰 충격으로 몰고 갈 뿐이었다.

참여한 배우와 스태프들의 이름을 부르는 과정은 지루하게 느껴질 만했다.

그러나 무언가 마약에 중독된 것처럼 계속 듣고 싶어졌다.

알 수 없는 무언가가 마음속을 간지럽히는 느낌이었다.

수상 소감을 끝마친 이건우가 무대 밑으로 내려왔다. 무대 밑으로 내려가는 모습도 볼 수 있었는데, 많은 배우들이 다시 와서 축하해 주었다.

에릭 해리스와 제인 윌리암스도 다가왔다. 제인이 웃으면서 건우에게 포옹을 했다.

건우는 웃으며 아주 자연스럽게 받아주었다. 마치 10년은 알고 지낸 사이처럼 느껴졌다.

"뭐야. 참 나, 엄청 친한 척하네."

스톤의 아내가 인상을 찌푸렸다.

스톤은 긴 숨을 몰아쉬다가 바닥에 털썩 주저앉았다.

식은땀을 흘리는 그의 모습에 아내가 깜짝 놀라 다가갔다.

"괜찮아? 어디 아파?"

"유레카!"

"억!"

스톤이 두 손을 번쩍 들고 그렇게 외치자 그녀는 깜짝 놀라며 뒤로 넘어졌다.

스톤은 두 손을 올린 자세로 멈춰 있다가 아내를 돌아보았다.

"뭐……."

"고마워! 정말 고마워!"

그는 아내를 끌어안더니 마구 뽀뽀했다. 이런 격렬한 애정 표현은 신혼 때 이후로 처음이었다. 아내는 오랜만에 두근거림을 느꼈다.

"방금 그 사람에 대해 모아놓은 거 있어?"

"어? 이건우? 내 작업실에……."

"가자!"

스톤이 아내를 끌고 작업실로 갔다.

그의 아내는 이건우의 팬이었다. 처음에는 빌보드 1위 곡이라 하길래 회사 일을 하면서 들으려고 틀어놓았다.

그 후, 노래에 완전히 중독되어 부른 가수까지 찾아보다가 입덕해 버렸다.

현재 미국에 생긴 팬사이트에 가입한 팬들은 모두 그렇게 유입된 이들이었다.

그의 아내는 일을 잘했다. 그래서인지 필요 이상으로 이건우에 대해서 체계적으로 정리한 자료를 보여주자 스톤의 눈에서 광채가 뿜어져 나왔다.

그녀는 이걸 좋아해야 하는 건지 아니면 싫어해야 하는 건지 감이 잘 잡히지 않았다.

아무튼 그녀의 남편은 괴짜였다.

"오, 오오! 동양의 신비……!"

"그건 아닌 것 같은데……."

"크흑… 난 왜 지금에서야… 아름다움에는 성별이 없거늘… 이제 알 것 같아. 하느님 감사합니다."

"저기요?"

땅을 치고 통곡할 기세였다.

그녀는 남편과 같이 이건우가 출연한 드라마를 봤다.

오랜만에 둘이서 많은 시간을 보내니 예전으로 돌아간 것 같은 기분이 들었다.

물론 기묘한 기분이기는 했다.

스톤은 꼬박 하루 동안 드라마를 보고, 잡지 사진들을 모두 주의 깊게 본 후에 개인 작업실로 돌아왔다.

펜을 잡았다.

영감이 마구 솟구치고 있었다.

아내에게 듣기로는 '골든 시크릿'이 영화화된다고 하는데, 이건우의 이름이 거론된다고 했다. 아내도 그랬으면 좋겠다는 의견을 내세웠는데 스톤은 격하게 고개를 끄덕이며 동의했다.

알다시피 그는 '골든 시크릿'의 팬이었다.

그러나 현재 최고로 꼽히는 요정왕의 작화를 인정하지 않고 있었다. 그래서 코믹북 작가들과 사이가 안 좋은 편이었다.

'그래, 그거야!'

마치 무언가 마법에라도 걸린 것처럼 태블릿 화면에 펜을 올렸다.

그의 눈은 반쯤 풀어져 있었다. 이건우의 노래를 들으며 펜을 마구 움직였다.

그의 평소 작업 속도는 빠른 편은 아니었다. 그러나 지금

만큼은 아주 빠르게 작업이 진행되었다.

이틀 동안 밤을 새워 그리고 나서야 드디어 그가 만족할 만한 그림을 그릴 수 있었다.

그는 완성된 자신의 그림을 한동안 바라보았다.

그림을 보고 있자. 이날을 위해서 살아온 건지도 모른다는 생각이 들었다.

유화풍의 실사체로 그린 건 바로 건우를 모티브로 한 요정왕 헬멘스였다. 요정왕이 왕좌에서 오만하게 내려다보는 모습이었다.

그가 생각한 아름다움, 압도적인 강함이 바로 이런 것이었다

다 담아낼 수 있을 거라 생각했지만 아직 부족한 부분이 보였다.

그 부분은 보충하기 위해서 평생을 갈고닦아 나갈 것임을 맹세했다.

"와, 내가 본 당신 그림 중에 최고인 것 같아. 이거 올려도 돼? 외주 작품은 아니지?"

"어? 응."

"고마워. 이거 SNS에 올릴 거야?"

"음……."

"올리자. 당신 5년 동안 잠수 상태였잖아."

스톤은 고개를 끄덕였다.

오늘을 시작으로 다시 창작 의욕이 타올랐다. 스톤은 오랜만에 페이스클럽에 접속했다.

그의 영향력답게 팔로워의 숫자는 어마어마했다. 제발 그림을 그려달라고 간청하는 사람들도 많았다.

그는 원화계의 거장 스톤 브러쉬였다.

스톤 브러쉬

당신의 영혼은 분명 순백으로 빛날 것이라 확신한다.

나에게 다시 펜을 들 힘을 주었고, 살아갈 원동력을 준 당신을 위해.

PS. 남자 연기자상 축하합니다.

[이건우 요정왕.jpg]

건우의 모습을 반영한 그림이 올라왔다.

좋아요와 댓글의 숫자가 폭발적으로 증가하기 시작했다. 스톤 브러쉬는 '골든 시크릿'이 코믹북으로 제작될 때 가장 반대했었던 인물이었다.

자신의 상상 속에 존재하는 아름다운 인물과 풍경을 망치게 하고 싶지 않았다.

실제로 현재 '골든 시크릿'은 소설파와 코믹파로 나눠져 있었다.

심각할 정도로 싸우거나 그러지는 않지만 자주 티격태격 거리기 일쑤였다.

스톤 브러쉬는 소설파의 수장격 인물이기도 했다.

그런 그가 5년 만에 그린 그림이었다. 스톤 브러쉬가 페이스클럽에 그림을 올린 것은 코믹파와 소설파로 갈려진 팬들을 하나로 뭉치게 한 중대한 사건이었다.

팬들 사이에서 폭발적인 반응이 있었다. 그가 그린 그림은 순식간에 퍼져 나가 여러 커뮤니티에 올라가고 팬들을 응집시키는 결과를 만들어냈다.

3. 선택

<이건우, 제인 윌리암스와의 관계는?>

이건우는 부산 국제 드라마 어워즈에 참석하여 남자 연기자상을 수상했다.

이로써 빌보드 1위와 더불어 배우로서도 2편의 드라마 만에 정상에 오르는 기염을 토해냈다.

그런데, 네티즌들 사이에서는 이건우와 할리우드 스타 제인 윌리암스와 나눈 뜨거운 포옹이 화제이다.

[사진 첨부, 사랑에 빠진 것 같은 제인.]

이건우에게 손을 흔들거나 그를 응시하는 장면이 카메라에 자주 포착되었다.

관계자들에 따르면 제인 윌리엄스의 내한은 이건우 때문이라고 한다.

시상식 이후 제인 윌리엄스의 SNS에는 이건우와 찍은 사진이 올라왔다.

애정이 넘치는 사진을 보면 보통 사이가 아님을 짐작할 수 있다.

한편, 네티즌들은 '이건우 부럽다', '인맥도 월드스타', '역시 이건우의 위엄', '이건우를 강제 출국 시켜라!'라는 반응을 내놓고 있다.

<디스저널 이상우 기자>

국제 부산 드라마 어워즈 때의 일이 꽤 화제가 된 모양이었다.

확대해석하기 좋아하는 기자들은 좋다고 달려들었다. 열애설까지 나돌 지경이라 건우는 아무런 관계가 아니라고 공식 입장을 밝혀야 했다.

왜 이런 것까지 일일이 해명을 해야 하는지 골치가 아픈 건우였다.

아무튼 건우는 강제로 활동을 할 수밖에 없었다.

한국에서만 화제가 되었더라면 차분하게 정규 앨범을 준

비할 수 있었었겠지만, 예상을 훨씬 뛰어넘는 성적을 내버렸다.

그것도 잠깐 히트 친 노래가 아니라 아직도 현재진행형이었다.

좀처럼 1위에서 내려올 생각을 하지 않고 있었다.

한국에서는 벌써 몇 주 연속 1위를 했는지 모를 정도였고, 빌보드도 벌써 3주 연속 1위를 달리고 있었다.

1963년에 빌보드 1위에 오른 일본 기록과 타이를 이루었다.

3주 동안 1위를 지켰을 때, 뉴스에도 대대적으로 보도될 만큼 난리도 아니었다.

이제는 아시아 최초의 기록을 넘어설지 아주 뜨거운 관심을 받고 있었다.

건우는 그런 관심이 좋기는 했다.

자신을 중심으로 세상이 돌아가는 것 같은 착각도 들었다.

그러나 관심에 집착하는 편은 아니었기에 금방 냉정을 되찾을 수 있었다.

아무튼 건우는 지방 행사를 마치고 하루 쉰 다음 YS 사옥에 도착했다.

사옥 주변에 진을 친 기자들과 팬들이 보였다. 특히 기자들은 건우의 일거수일투족을 다 기록할 생각인지 아주 끈질기게 따라붙었다.

지금은 뭐만 했다 하면 기사가 나오는 현실이었다.

'별을 그리워하는 용'이 폭발적인 인기를 끌었을 때도 관심을 많이 받았지만 지금과는 천지 차이였다.

"아… 형……."

건우는 사옥에 들어서자마자 얼굴을 감싸 쥐었다.

사옥의 입구에는 아주 커다란 건우의 사진이 걸려 있었다.

그것뿐만 아니라 건우의 이번 앨범 자켓 사진과 빌보드 1위에 오를 때 나왔던 기사들이 휘황찬란한 액자에 넣어져 건우의 사진 옆에 걸려 있었다. 건우의 동상이 없는 게 다행이었다.

"…비슷한 건 있구나."

건우와 닮은 마네킹이 서 있었다.

밀랍 인형이라고 하는 편이 옳을 것이다. 일대일 비율로 제작되어 있었는데, 나름 괜찮은 모습이기는 했다.

똑같지는 않고 그저 닮아 있었다. 도대체 이런 걸 왜 여기다가 세워놓은 걸까? 거기에 벽에는 커다랗게 건우의 사인도 붙어 있었다. 언제 이런 걸 다 준비해서 설치했는지 의문이었다.

너무 심하게 오버한 것 같았다.

YS 소속 가수와 배우의 사진이 붙어 있는 복도에도 건우의 사진만 유독 도드라졌다. 액자의 모양은 화려 그 자체였다.

액자는 건우의 사진을 황금 월계수로 감싼 듯한 모양이었다.

무슨 명예의 전당에라도 올라간 기분이었다.

'린다 형이랑 석준이 형이랑 같이 스케줄이 있다고 했던가?'

사옥에서 이루어지는 방송 스케줄이라고 들었다.

덕분에 아직 약속 시간까지 꽤 여유가 있었다. 건우는 개인 작업실로 걸음을 옮겼다.

YS에서는 작곡을 할 수 있는 가수에게는 개인 작업실을 만들어주었다.

건우의 개인 작업실은 아직 공사가 끝나지 않아 그동안 임시 작업실을 이용했었는데, 얼마 전에 끝났다는 소식을 들었다.

곡 작업이 이루어지는 4층에 올랐다. 건우의 작업실은 쉽게 찾을 수 있었다. '이건우 작업실'이라고 써진 명패가 붙어 있었기 때문이다.

작업실 옆 벽에는 건우가 1위에 오른 차트가 붙어 있었다.

'사옥으로 촬영을 와서 그런가?'

너무 보여주기식 같았는데, 조금 쪽팔린 부분도 있었다. 아니, 많이 쪽팔렸다.

"……"

아무튼 건우가 작업실에 들어가 보니 메인 작업실이라 불러도 될 정도로 크고 좋았다. 아니, 어쩌면 메인 작업실보다 더 좋은 것 같기도 했다. 건우는 일단 작업실 안으로 들어갔다.

작업실에서는 새집의 냄새가 났다.

시설은 최상이었고 기기들은 딱 봐도 비싸 보였다. 건우의 위치는 원래 YS에서도 상당히 높았지만 지금에 이르러서는 독보적인 위치에 올라 있었다.

"뭐, 좋네."

가볍게 감상을 마친 건우는 작업실에 앉아서 음악 작업 대신 시나리오를 훑어보았다.

내년 하반기 촬영을 목표로 좋은 제안이 들어왔다. 한중 합작 영화였는데 시나리오가 구체화되면서 배역이 입체적으로 살아났다.

각 분야의 최고들을 모아 은행을 터는 그런 내용이었다. 시나리오만 놓고 본다면 꽤 괜찮았다.

출연료도 지금까지 받았던 모든 출연료 중에서 가장 높았고 더 높게 부를 수 있는 협상의 여지도 있었다. 게다가 건우가 캐스팅 보드에 올랐다고 하니 대규모 투자의 움직임도 있다고 한다.

'일단 보험이라고 해두자.'

건우가 YS에 온 것은 YS 스튜디오에서 라인 브라더스 픽처스에 보낼 오디션 테이프를 찍기 위해서였다.

건우는 부산 국제 드라마 어워즈 참여 이후, 더 큰 세상을 경험해 보고 싶었다. 지금보다 더 영향력이 있는 사람이 되고 싶었다. 그리고 자신의 한계가 어디까지인지 시험해 보고 싶었다.

동진의 충고도 그의 결정을 바꾸는 데 큰 작용을 했다. 무공의 힘으로 젊음이 길게 유지가 될 테지만 어쨌든 나이가 먹고 중후해진다면 그가 맡을 수 있는 배역은 자연스럽게 달라질 것이다.

지금의 자신만이 할 수 있는 배역에 집중하는 것도 좋은 선택일 거라는 생각이 들었다.

최초의 제의 이후 또다시 제의가 오진 않았지만 아직 시간은 있을 것이다.

이전과는 상황이 많이 달랐다.

지금은 빌보드 1위 가수이니 결코 건우를 얕볼 수 없었다. 게다가 지금 미국 쪽은 캐스팅 문제로 시끄럽다고 한다.

오디션 테이프를 보내는 것만으로도 주목받을 수 있을 것 같았다.

오디션 테이프를 보내기로 작정한 건우는 며칠 동안 본격적으로 배역 공부를 했다.

소설, 코믹북은 물론 인터넷을 뒤져 2차 창작물까지 훑어 보았다.

요즘 화제가 되고 있는 일러스트도 보았고 코믹콘 행사 영상까지 전부 찾아보았다.

배역 준비를 하며 구체적으로 인물을 구상해 갔다. 전체적으로는 원작의 성격과 설정을 따랐지만, 그것 외에 그가 상상할 수 있는 부분을 더했다.

그러다 보니 건우의 독자적인 요정왕이 만들어졌다.

건우는 이 과정에서 자신의 연기가 상당 부분 성장했음을 느꼈다.

감정의 공명을 활용한다면 자신이 상상한 인물이 만들어 내는 세계 속으로 사람들을 초대할 수 있을 것이다.

'요정왕 헬멘스…….'

처음에는 그저 잘생긴 것만 특징인 배역이라 생각했다. 그러나 소설을 읽으면서 그 생각이 달라졌다. 요정왕 헬멘스는 상당히 매력적인 캐릭터였다. 이야기의 흐름에 따른 인물의 변화가 인상적이었다.

그는 자신이 세상의 중심이고 신이라 생각하는 오만한 인물이었다.

더러운 것을 혐오한다는 이유로 중간계의 전쟁에 참여해, 각 종족의 영웅들과 함께 악의 집합체인 그로마를 봉인한 인물이기도 했다.

자신의 종족 외의 모든 생명체를 벌레 취급하는 인물이지만, 엘프에게 한해서는 자비로웠다.

자신의 딸을 끔찍하게 아끼지만 티를 내지 않는 아버지이기도 했다.

그리고 최후에 가서는 자신을 희생하는 고결한 면도 보였다.

그 최후조차 요정왕다웠다.

'골든 시크릿'의 전작인 굴란 신화에서는 실질적인 주인공으로 등장했다.

'원작보다 좀 더 거칠게 연기하는 것도 괜찮겠지.'

배역에 대해 이런저런 생각을 하며 다시 검토하는 재미가 있었다.

소설과 코믹북에는 다소 성격의 차이가 있었다. 영화에서는 또 달라질 것이다.

건우의 마음은 편했다. 떨어진다면 조금 아깝기는 하겠지만 어차피 상관은 없었다.

든든한 보험도 있었고, 굳이 영화에 출연하지 않더라도 할 것은 많았다.

갑자기 인기가 몰려서 뒤로 밀려 버린 정규 앨범이 대표적인 예였다.

건우로서는 아쉬울 것이 없는 상황이니 전혀 부담이 없었다.

건우가 곡 작업을 하려고 할 때였다.

"저기가 우리 YS의 자랑, 내 동생 건우의 작업실이야. 여기서 그 명곡이 탄생했지. 우리 YS에 오면 이렇게 개인 작업실을 줘."

"오! 진짜요?"

"와! 건우 님이 이곳에서……"

그런 소리가 들려왔다. 석준과 약간 어리게 들리는 목소리였다.

그들은 이야기를 하며 건우의 작업실 쪽으로 다가오고 있었다. 아마 슈퍼 케이팝스타 촬영일 것이다.

이제 결승 무대만 남겨놓고 있었는데, 결승에서 1등을 하면 막대한 상금과 함께 소속사를 마음대로 고를 수 있는 권한이 주어진다고 한다.

석준이 결승에 오른 모든 참가자들을 탐내고 있다고 들었다. 거의 반년에 걸친 경쟁을 이겨내고 결승에 오른 자들이니 그 실력과 재능이 대단할 것이다.

'나는 꿈도 못 꿨었지.'

예전의 그 실력으로 나갔다면 광탈을 당했을 것이다. 그런 자신이 현재로서는 대한민국의 그 누구도 범접하지 못할 성적을 냈다는 것이 신기하긴 했다.

물론 무공의 힘이 있어서였지만 그것도 자신의 힘과 재능이었다.

반칙이라고는 생각하지 않았다. 다만, 올바르게 사용해야 한다고 여겼다.

이 인생이 끝이 아니기에, 함부로 남용하여 피해를 입힌다면 업보가 쌓일 것 같았다.

아무튼 촬영이 끝난 것 같았다. 석준이 영입하고 싶어 하는 애들이니 얼굴을 비춰 도와주는 것도 나쁘지 않을 것이다.

그들은 건우의 작업실 앞에서 사옥을 구경 중이었다. 건우가 문을 열고 나가자 깜짝 놀라며 자지러졌다. 석준만이 흐뭇하게 바라볼 뿐이었다.

"꺄악!"

"우앗!"

이제 막 중·고등학생이 된 듯한 소년 소녀가 보였다. 엄청 깜짝 놀라더니 방방 뛰면서 뒤로 막 뛰어갔다가 다시 다가왔다.

귀를 찌르는 듯한 비명 소리는 덤이었다.

리액션이 엄청났다. 연출 같은 것은 아니었다. 촬영이 끝난 상태여서 그런지 주위에 카메라는 없었다.

"와 있었구나. 아직 시간이 좀 남았는데 일찍 왔네?"

"작업실 공사가 끝났다고 해서 확인해 볼 겸 일찍 왔죠. 근데 입구에……."

"흐흐, 그거 말이냐? 멋지지?"

건우는 한숨을 쉬며 고개를 저었다.

명백히 마음에 들지 않는다는 표시였지만 석준은 오히려 더 신나 보였다.

"서울 시에서 한류 기념관을 만드는데 거기에 들어갈 거야. 건우, 네가 가장 좋은 자리에 들어가는 건 당연하지. 핫핫핫! 아, 말 안 했었나?"

"한류 기념관이요? 음, 들은 것 같기도 하고……."

"관광객 유치를 위해서라는데, 뭐, 좋은 게 좋은 거지."

건우는 고개를 돌려 석준의 옆을 바라보았다.

소년과 소녀가 건우를 아주 반짝이는 눈동자로 바라보고 있었다.

대단히 부담스러운 눈동자였다. 남매인지 얼굴이나 분위기가 꽤 닮아 있었다. 그래서 그런지 그들의 생김새가 상당히 귀엽게 느껴졌다.

석준이 소년과 소녀의 어깨에 손을 올렸다.

"소개할게. 슈퍼 케이팝스타에서 결승에 진출한 뮤지스야. 상당히 잘해."

"아, 안녕하세요? 이현수입니다."

"뮤, 뮤지스의 이현아입니다."

인사를 하는데 고개를 숙이면서도 건우에게서 시선을 떼지 않았다. 그 모습에 석준이 웃음을 터뜨렸다.

"이 녀석들 엄청 왈가닥인데, 얌전하네. 야, 건우가 신기해도 너무 그렇게 뚫어져라 보지 마라."

"죄, 죄송합니다."

"죄송합니다!"

둘은 동시에 사과했다. 건우는 고개를 저었다. 분식집에 자주 찾아오던 학생들이 생각나서 전혀 기분 나쁘지 않았다.

"이건우입니다."

건우가 악수를 해주자, 둘은 당분간 손을 씻지 않겠다며 호들갑을 떨었다.

건우로서는 조금 황당한 반응이기는 했다.

이야기를 들어보니 둘의 우상은 건우라고 한다. 석준은 그들이 황금태양 때부터 열렬한 팬이었고 건우와 같은 가수가 되기 위해 오디션에 참가했다고 말해주었다.

아름다운 모든 것들이 히트를 치고 나서는 말할 것도 없었다.

이제는 누군가의 동경의 대상이 된 건우였다.

"지금 애들 결승 무대 트레이닝 하러 갈 건데, 어때?"

"네? 음……."

"사실 애들이 결승 무대에서 아름다운 모든 것들을 부르려고 하거든. 난 다른 곡을 했으면 하는데… 오늘 보고 결정하려고."

"그렇군요."

고개를 돌려보니 현수와 현아가 간절한 눈빛으로 바라보고 있었다.

건우의 노래가 확 뜨면서 아름다운 모든 것들을 부른 참가자들이 나오기도 했었다. 그러나 노래를 부른 참가자 모두 3명의 심사위원들에게 혹평을 받고 최악의 점수로 탈락을 해버렸다. 그래서 불러서는 안 되는 오디션 노래 중 1등으로 꼽히는 실정이었다.

어설픈 가창력으로 소화하는 것은 불가능한 노래였다.

노래를 들으면 잔잔하게 느껴지지만 실상은 굉장히 힘든 노래였다.

발성 중 톤의 변화가 느껴지지 않아 별로 음역이 높아 보이지 않는데 불러보면 굉장히 힘에 부칠 정도로 높았다.

그것이 건우가 불렀던 다른 노래보다 훨씬 커버 영상이 적은 이유였다.

'석준이 형한테 엄청 욕먹을 것 같은데.'

건우는 현아와 현수를 보면서 그렇게 생각했다.

석준의 노래에 대한 만족도는 건우 덕분에 엄청나게 상승해 있었다.

덕분에 지금 YS 소속 가수들이 비명을 지르고 있었다. 석준의 기대치에 못 미치기에 복귀가 미뤄진 사람도 있었다. 솔로 앨범을 준비하던 한별이 가장 큰 희생양이었다.

"알겠어요."

건우가 고개를 끄덕이며 말하자 현아와 현수가 엄청 좋아했다.

석준은 고개를 끄덕였다. 건우 덕분에 이들의 영입이 꽤 쉬워질 것 같았기 때문이다.

지금은 비록 YS에서 트레이닝을 받고 있지만 슈퍼 케이팝 스타의 무대가 끝나면 어찌 될지 몰랐다. 뮤지스는 시그널 뮤직에서도 탐내고 있는 인재였다.

그들은 다 같이 연습실로 갔다.

보컬 트레이닝을 할 수 있게 여러 기기들이 갖춰져 있었고 각종 악기들도 잘 정리되어 놓여 있었다.

공간이 커서 안무 연습도 할 수 있었다.

YS 사옥 내부에 있는 무대에는 못 미치지만 연습실로서는 최고였다.

최근에 리모델링이 끝나서 그렇다고 한다.

다른 곳도 공사가 끝났는데 대표적으로 뮤직비디오를 찍을 수 있는 공간을 넓혔고 콘서트를 열 수 있을 정도로 규모가 있는 스튜디오가 생겼다. YS는 이제 국내 최고의 소속사로 성장해 나가고 있었다.

다른 소속사들에 비해 확실히 좋은 시설이 마음에 들었는지 현수와 현아는 감탄하기 바빴다.

석준이 의도한 바였지만, 건우는 익숙해져서 감흥이 없었다.

연습실에 도착하니 건우도 몇 번 본 보컬 트레이너와 린다가 이야기를 나누고 있었다.

린다가 건우를 발견하더니 환하게 웃으며 달려왔다.

"오! 브라더! 마이 월드스타!"

호들갑 떠는 모습에 건우는 피식 웃을 뿐이었다.

반면에 현수와 현아의 표정이 굳어졌다. 린다는 엄하기로 유명했다.

특히 신인들에게는 가차 없었다. 이번 결승 무대의 편곡자가 린다였는데, 이전에도 같이 작업해서 그의 무서움을 경험한 모양이었다.

건우에게는 그냥 착한 동네 형 같았다. 어쩔 땐 조금 바보 같기도 했다.

"꼬맹이들 봐주려고?"

"시간이 좀 있으니까요."

"캬, 월드스타는 마음도 월드급이네."

건우는 이제 뭐라고 할 마음조차 없었다. 월드스타라는 말을 들어도 그냥 그러려니 할 뿐이었다. 보컬 트레이너와도 반갑게 인사를 나눴다.

석준의 표정이 사뭇 진지해졌다.

이번 결승 무대는 YS의 체면이 달려 있다고 해도 과언이 아니었다.

각자 소속사에서 트레이닝시킨 참가자들과 진검 승부를 펼쳐야 했기 때문이다.

YS는 슈퍼 케이팝스타에 참여하고 있는 다른 두 기획사보다 훨씬 규모가 컸다.

"이제 결승 무대까지 2주 남았어. 생방송이니 더 잘해야겠지? 오늘 일단 준비해 온 곡을 들어보고 편곡 방향을 정해보자."

석준이 그렇게 말하자 둘은 완전 긴장했다.

석준의 말투는 다정했지만 일단 평가에 들어가면 무척이

나 무서워졌다.

근육질 덩치에 인상마저 차가워지면 그 위압감이 어마어마했다.

둘은 석준에 대한 경험이 여러 번 있을 텐데도, 잔뜩 긴장한 모습이었다.

"긴장하지 말고 편하게 해."

건우가 살짝 미소를 그리면서 그렇게 말해주었다.

그냥 상투적인 말이었지만 건우에게 흐르는 편안한 기운 덕분인지 그들의 긴장이 많이 풀렸다.

석준의 위압감을 건우가 중화시켜 주는 느낌이었다. 덕분에 둘의 마음속에서 건우의 이미지는 좋은 방향으로 더욱 치솟았다.

마이크와 기타가 세팅되었다.

얘기를 들어보니 나름 편곡을 해온 듯했다.

석준에게 들어보니 현수는 이제 고등학교 1학년이었고 현아는 중학교 3학년이라고 한다.

예선과 본선을 모두 자작곡으로 통과했다고 하니 어린 나이에 정말 대단한 재능이었다.

예전의 건우라면 TV로 이들을 접하며 질투했겠지만 지금은 이들이 그저 잘되기를 바랐다.

아직 건우도 그리 경험이 많지는 않았지만 일련의 사건을

겪다 보니 연예계가 얼마나 힘든 곳인지 잘 알게 되었기 때문이다.

석준과 린다, 그리고 보컬리스트가 의자에 앉아 준비를 마친 현아와 현수를 바라보았다.

무대에 서 있는 모습부터가 이제는 일반인이라 부르기 힘들었다.

뮤지스라는 이름으로 많은 열풍을 일으키고 있는 남매다웠다.

"시작하겠습니다."

현수가 기타를 잡고 연주하기 시작했다. 둘이 서로 눈을 맞추고 리듬을 타는 모습은 꽤나 귀여워 보였다. 기타 반주는 나쁘지 않았다.

아름다운 모든 것들의 전주를 나름 자신의 스타일로 해석한 듯 보였다.

문제는 노래가 시작되고 나서였다.

나름 리듬과 분위기를 타며 현수와 현아의 목소리가 교차되었다.

애드립도 좋았고 자신만의 멜로디 라인도 괜찮았다. 그러나 너무 평범하게 들렸다.

그게 다른 가수들이 아름다운 모든 것들을 불렀을 때 나오는 공통적인 상황이었다.

둘은 자신의 노래에 취해 부르고 있었다.

자신들이 잘 부르고 있다고 착각하고 있었지만 실상은 그렇지 않았다.

'이렇게 들어보니 새롭기는 하네.'

다른 사람이 아름다운 모든 것들을 부르는 걸 들어보는 것은 처음이었다.

얼마나 자신의 능력이 큰지 알아볼 수 있는 시간이기도 했다.

아름다운 모든 것들을 불렀을 때보다 음공과 무공의 힘이 더 발전한다면 얼마나 무서운 힘을 발휘할지 짐작조차 되지 않았다.

"그만!"

석준이 그렇게 말하자 노래가 뚝 끊어졌다. 석준과 린다의 표정은 좋지 않았다.

석준은 고민할 것도 없다는 듯 고개를 저었다. 린다도 마찬가지였다.

"이렇게 나가면 엄청 욕먹을 거야. 너무 힘든 노래를 선곡했어. 음… 아무리 생각해도 선곡을 바꾸는 게 나을 것 같은데."

"건우 노래는 잘해도 욕먹는데 좀 그렇죠."

"여태까지 부른 애들 다 탈락했으니 뭐……."

그리 심각한 분위기는 아니었다.

예상한 결과였기 때문이다. 현아와 현수는 시무룩해져 있었다.

그동안 혹평을 들은 적도 있었지만 이렇게 들어볼 가치도 없다는 듯 말하는 것은 처음이었다.

석준과 린다가 건우를 바라보았다. 건우는 조금 난감한 표정이 되었다.

딱히 해줄 말이 떠오르지 않았기 때문이다. 괜히 따라온 것 같았다.

"음… 그럭저럭 괜찮은 것 같은데요?"

"거짓말하지 마라."

"하하……."

석준의 지적에 건우는 어색한 웃음을 흘렸다.

건우가 듣기에도 평범하게 들을 만했지만 경연곡으로 쓰기에는 그랬다.

현수와 현아가 간절한 눈빛으로 건우를 바라보았다. 건우의 말이라면 무엇이든 받아들일 준비가 되어 있는 모습이었다.

자신을 거의 신처럼 우러러보니 더욱 난감해졌다. 그렇다고 해서 딱히 해줄 말은 떠오르지 않았다.

조금 불안한 발성 부분은 지금 와서 고치기에 시간이 부족했다.

건우는 잠시 눈을 감고 방금 전 그들이 부른 노래를 떠올려 보았다.

뮤지스의 스타일을 어느 정도 알 것 같았다.

"음, 이렇게 해보는 건 어떨까요?"

건우가 다가가서 기타를 잠시 빌렸다.

아름다운 모든 것들은 건우가 가장 잘 알았다. 뮤지스가 편곡해 온 방향에 맞춰서, 그들의 느낌대로 불러보았다.

좀 더 템포가 빠르고 신나는 느낌이 되었다. 감정의 공명을 대폭 줄이고 가창력과 느낌 위주로 멜로디 라인을 구상했다.

'이런 것도 재미있네.'

뮤지스가 어떤 마음으로 이런 편곡을 했는지 알 것도 같았다. 조금은 부끄러운 듯, 어리고 풋풋한 사랑 노래 느낌이 났다.

'생각보다 좋은데?'

건우는 중간에 가사도 바꿔 불렀다.

절로 신이 났다.

처음에는 해줄 조언이 떠오르지 않아 이렇게 하면 어떨까 하고 가볍게 시작한 노래였다.

분위기를 타기 시작하더니 건우의 말도 안 되는 집중력이 발휘되었다.

건우는 오로지 지금 노래와 연주만 보일 뿐이었다. 주위의 상황이 보이지도 들리지도 않았다.

고등학생 때로 돌아간 기분이 들었다. 건우는 미소를 지으며 노래를 불렀다.

기존의 아름다운 모든 것들과는 전혀 다른 느낌의 곡이 탄생되었다.

다만 뮤지스의 스타일에 맞춰서, 그와 비슷하게 불렀기에 가창력이 훨씬 도드라졌다.

마지막 소절을 내뱉고 기타 연주를 마무리했다.

'너무 집중했나?'

오랜만에 재미있게 부른 것 같았다. 건우는 기타를 내려놓고 주변을 바라보았다.

모두가 여운을 즐기고 있었다.

여운에서 빠져나온 순간 석준이 고개를 끄덕이며 박수를 쳤다. 린다도 마찬가지였다.

"이 버전도 좋네."

"역시 월드스타! 이 버전으로 따로 낼까?"

현수와 현아는 넋을 잃고 건우를 보고 있었다. 건우는 기타를 돌려주었다. 기타를 받고 나서도 그들의 멍한 표정은 지워지지 않았다.

"그냥 현수와 현아가 부른 걸 참고해서 불러본 거예요. 이런 식으로 하면 어떨까 해서……."

"음, 애들이 소화하기에는 조금 힘들 것 같은데……."

건우의 말에 석준이 턱을 쓰다듬으며 말했다.

"열심히 해볼게요! 어떻게 해야 할지 알 것 같아요."

"부탁드립니다."

현수와 현아가 간절하게 부탁했다. 석준은 잠시 고민하다가 고개를 끄덕였다.

"일단 다시 해보자."

건우도 옆에서 도와주었다.

꽤나 긴 시간 동안 회의를 하고 연습하다 보니 결국 아름다운 모든 것들을 편곡하는 방향으로 결정되었다. 고민이 많아 보이기는 했다.

과연 경연에서 어떤 결과로 다가올지 감이 잡히지 않았다. 괜히 그들에게 부담을 준 것 같았다.

건우는 그냥 가만히 있을걸 그랬나 하고 살짝 후회했다.

약속 시간이 되자 건우는 사옥의 스튜디오로 이동했다. 현수와 현아는 한동안 YS 사옥에 머물면서 연습에 매진한다고 한다.

마침 방학이라 연습하기 딱 좋은 시즌이었다.

석준이 가장 바빠 보였다.

석준은 거의 모든 것을 직접 총괄하고 있다 보니 몸이 두 개여도 모자랄 지경이었다.

이번에 건우의 오디션 테이프를 녹화하는 것에도 참관할 예정이었다.

연기에 대해서는 문외한이었지만 건우가 하는 일은 거의 다 지켜보았다.

일단 오늘 찍는 오디션 테이프 외에 YS에서 드라마에 출연한 건우의 모습을 편집해서 동봉하고 중국에서 폭발적인 반응을 보인 부분도 첨부할 예정이었다.

YS 배우 역사상 첫 할리우드 진출이 될 수도 있다 보니, 건우에게 YS의 모든 역량을 집중하고 있었다.

'해보겠다고 말했을 때도 대단히 좋아했지.'

정규 앨범과 겹칠 수도 있었지만 정규 앨범은 뒤로 미루면 된다는 입장이었다.

어차피 싱글 앨범이 너무나도 잘나가고 있으니 말이다. 만약 합격한다면 촬영이 시작되기 전에 먼저 가서 활동을 하는 것도 좋은 방법이었다.

"오, 좋네요?"

"그렇지? 확장 공사를 좀 했어. 이제 뮤직비디오는 여기서 찍을 수 있지."

스태프들도 전문가로만 구성되어 있었다. 건우는 YS가 점차 발전하는 모습이 보이니 대단히 뿌듯했다. 그것에 자신도 분명 일조하고 있었다.

"어제 다시 회의해 봤는데……."

석준 본인도 소설을 전부 읽었고, 담당 부서도 직접 신경 썼다.

제작사 측에서 보내온 가이드라인을 중심으로 길게 회의를 가졌다.

한 발짝 물러나서 지휘만 해도 상관없었지만, 석준은 그만큼 건우에 대해서 신경을 쓰고 있었고, YS에게도 이번 오디션은 아주 좋은 기회였다.

본격적으로 촬영에 들어가기 전에 잠시 의견을 나눴다. 요정왕 헬멘스에 대한 이해도와 연기를 보여주는 것이 관건이었다. 복장도 만들어왔는데, 그건 입지 않기로 했다. 질이 그리 좋지 않고 너무 코스프레 느낌이 나서였다.

"근데, 왜 이렇게 많이……."

석준뿐만 아니라 스태프들이 엄청 많았다.

누가 보면 오디션 테이프를 찍는 게 아니라 뮤직비디오를 촬영하는 것으로 착각할 정도였다.

물론, 오디션 테이프는 만약에 합격해서 배역을 맡게 되면 추후에 공개가 될 수도 있으니 잘 찍어야 했다. 그렇지만 이렇게까지 신경을 쓸 정도는 아니었다.

석준이 상당히 오버한 것 같았지만 건우는 그가 자신에게 신경 써주는 마음이 느껴져 기뻤다.

석준은 돈이나 명예 이런 것보다도 건우가 더 잘되었으면 하는 생각을 늘 가지고 있었다.

건우도 그런 마음을 느낄 수 있었다. 건우가 하고 싶은 걸 하게 해주는 건 말이 쉬운 것이지 소속사 대표로서는 무척이나 어려운 일이었다.

여유 있는 분위기 속에서 촬영이 시작되었다. 카메라가 무대 위에 서 있는 건우를 찍었다.

건우는 일단 자기소개부터 했다.

이제는 원어민이라 불러도 어색하지 않은 영어 실력이 쏟아져 나왔다.

내공을 돌리며 최대한 편안한 인상을 주기 위해 노력했다.

조금 얕보일 수도 있었지만 이후에 할 연기를 생각해 볼 때, 그 차이가 반전 매력으로 다가올 수 있게 설계한 것이다.

건우는 차분한 어조로 자신이 이해하고 있는 요정왕 헬멘스에 대해 이야기를 풀어갔다.

건우의 말투는 나긋나긋했으며 듣기 좋았다. 단순히 자신의 의견을 말하는 것임에도 알 수 없는 흡입력이 있었다.

아마 이 영상을 보고 건우에게 호감을 갖지 않는 이들은 없을 것이다.

그만큼 건우의 능력은 사기였다. 게다가 진심을 보이고 있으니 더욱 효과가 뛰어났다.

자기소개가 끝나고 잠시 쉬었다가 드디어 연기 장면을 찍을 차례가 되었다.

'별을 그리워하는 용' 이후로 오랜만에 해보는 정식 연기였다.

연기는 노래와는 다른 즐거움을 선사해 주었다. 그것이 노래와 연기, 둘 다 포기할 수 없게 된 이유이기도 했다. 물론 내공 수급의 이유도 있기는 했다.

"후우."

건우는 두 눈을 감았다. 그가 연구한 요정왕을 떠올리자 순식간에 몰입되었다. 건우의 주변에 흐르던 편안한 분위기가 순식간에 사라지더니 주변을 내리누르는 듯한 위압감이 퍼져 나갔다.

건우의 표정도 변했다.

은은한 미소를 띠우며 시종일관 여유로운 모습을 보여주었는데, 미소가 사라지며 마치 인형과도 같은 차가운 인상이 되었다.

바늘로 찔러도 피 한 방울 안 나올 것 같은 모습이었는데, 건우의 눈이 깜빡이지 않았다면 정말 인형으로 생각될 정도였다.

"역겨운 것들."

평소의 건우답게 목소리는 좋았다. 그러나 그 안에 억눌려 있는 흉폭함과 광기가 듣는 사람으로 하여금 절로 두려움을 자아냈다. 주변 스태프들이 몸이 굳을 정도였다.

카메라가 조금 흔들렸다.

건우는 고개를 살짝 치켜들었다.

그렇게 자세를 바꾼 것만으로도 마치 만물을 내려다보는 듯한 분위기가 되었다.

"벌레는 벌레답게 추하게 바닥을 기어라. 네놈의 가치는 그것뿐이다."

대사만 보면 오그라드는 중2병 같았지만 건우의 위엄 넘치는 모습과 너무나 잘 어울렸다.

마치 건우가 정말 인간이 아닌, 어떤 신적인 존재가 된 것 같은 느낌이 들 정도였다.

석준을 포함한 스태프들도 그것을 느끼고 꽤나 큰 충격에 빠졌다.

특히 석준은 현장에서 건우의 연기를 보는 것이 처음이었기에 더욱 그랬다.

TV로 볼 때와는 확연한 차이가 있었다. 건우의 라이브를 들었을 때보다 더욱 격한 감정을 느낄 수 있었다. 그가 보기에 건우는 아예 다른 사람이 된 것 같았다.

건우가 연기하고 있는 대목은 그가 엘프들을 이끌고 전쟁에 참여해서 오크들을 학살할 때 내뱉는 대사였다. 건우는 옆에 놓여 있던 플라스틱 가검을 들었다. 소품으로 준비해 놓은 것이었다.

건우는 몰입했다.

진짜 전장에 있다고 자신을 속였다.

건우는 소설에 있는 대사뿐만 아니라, 즉흥적인 연기까지 더했다.

화려하게 검을 휘두르거나 하지는 않았지만 무척이나 절도 있는 움직임이었다. 모든 적들을 찍어 누를 듯한 힘이 느껴졌다.

건우는 천천히 검을 허리춤에 찔러 넣었다. 그 일련의 동작이 무척 아름다웠다. 검에 익숙하지 않은 사람은 절대 할 수 없는 동작이었다.

인형같이 차가운 표정이었지만 대사에 따라 그에 맞는 다양한 표정을 보여주었다.

"후우……."

촬영이 끝나자 건우는 긴 숨을 내쉬었다. 5분 남짓한 시간이었지만 정말 푹 빠져서 연기를 한 것 같았다. 나름 자신과 잘 맞는 배역이었다.

"건우야, 이건 무조건 된다. 너밖에 없어."

석준이 감탄하며 그렇게 말했다.

나름 최선을 다해 연구한 뒤에 연기를 했으니 후회는 없었다.

이번 기회를 통해서 이제 구체적으로 배역 연구를 어떻게 해야 하는지 감이 잡힌 것 같았다.

떨어진다고 하더라도 좋은 공부가 되었다고 생각하면 되었다.

건우는 촬영한 걸 돌려보았다. 나름 만족할 만한 결과물이 나온 것 같았다.

자신이 보더라도 이번 연기는 꽤 괜찮았기 때문이다. '별을 그리워하는 용' 때보다 더 발전한 자신의 모습에 흐뭇한 미소를 지을 수 있었다.

'어떻게 되려나.'

담당자들이 잘 편집해서 라인 스튜디오에 보낼 것이다. 미국은 한국과는 달리 캐스팅 디렉터가 세분화되어 있었다.

보통 주연급은 프로듀서와 감독이 캐스팅 결정을 하고 조연은 캐스팅 디렉터가 맡는데, 요정왕 헬멘스 같은 경우에는 비중이 주연이라 하기에는 약간 부족했지만 무척이나 중요한 배역이었다.

그 때문인지 제작사에서 직접 오디션 제안을 해왔다. 이번 건우의 캐스팅은 여러 사건이 겹쳐 상당히 특수한 케이스에 속했다.

아무튼 잘만 되면 첫 영화를 할리우드로, 그것도 6대 메이저 스튜디오 중 하나인 라인 브라더스에서 제작한 영화로 데뷔할 수 있게 된다.

출연료는 중국이나 한국 영화에 못 미치더라도 좋은 커리어로 남게 되면 지금보다 훨씬 몸값이 상승될 것이다.

석준의 생각이었지만 건우도 동의했다.

"노래도 잘하고 연기도 잘하고 예뻐 죽겠네. 너 딴 데 가지 마라. 나랑 영원히 있자."

"징그럽게 왜 그래요?"

건우는 석준의 말에 그렇게 대답하면서 피식 웃었다. 건우는 석준의 그런 반응에 익숙했다. 연습생들이 알았다면 경악할 일이었다.

석준은 건우에게 실망한 적이 단 한 번도 없었다. 늘 상상 그 이상을 보여줬기 때문이다.

"아! 이번에 미국 현지 에이전시와 에이전트 계약을 할 것 같아. 그냥 해외 콘서트나 공연은 상관없는데, 영화 촬영에 들어가면 아무래도 에이전트가 있어야 해서."

"그래요? 저는 그쪽 방면은 잘 몰라서… 근데, 미리 김칫국 마시지 말죠. 이건 그냥 오디션 제안이잖아요."

"내가 보기엔 너밖에 없어. 널 차버리면 분명 후회할 거야. 누구 말대로 미국은 기회의 땅이야. 그러나 이번 경우는 다르지. 네가 미국에게 기회를 주는 거야."

"너무 부담스럽게 금칠해 주시는데요?"

석준이 아니고서는 누가 저런 말을 할 수 있을까?

석준은 솔직한 심정을 말한 것이었다.

이번 캐스팅 결과는 보나마나 뻔했다. 건우를 위한, 오로지 건우만 소화할 수 있는 배역이라는 생각이 들 정도였다. 소설에서 요정왕을 찬양하는 글귀는 건우를 향한 찬사로 바뀔 것이다.

석준은 그렇게 확신했다.

사실 석준은 영화 마니아였다.

연기에 대해서는 문외한이지만 보는 눈은 있다고 자부했다.

아무리 생각해도 건우 외에 다른 인물은 떠오르지 않았다.

'내가 이럴 정도인데 그들도 보는 눈이 있겠지. 지금이 아니면 건우에게 감히 오디션 제안을 하지 못할걸?'

이미 빌보드 1위를 달성했다.

몇 주 연속 1위를 할 수 있을지가 지금 최대의 관심사였다.

건우가 비록 중국, 일본 등 아시아에서 인기가 많은 배우이기는 했지만 상당히 얕보이는 편이었다.

그러나 지금은 달랐다.

미국 활동을 전혀 하지 않았지만 미국 내에서 건우의 인지도가 폭발적으로 상승하고 있었다. 벌써 미국 현지에서 영화에 참여할 것이라는 루머 섞인 설레발 기사까지 나오고 있었다.

'우리는 아쉬울 거 하나도 없지.'

시간이 지나면 지날수록 건우의 위치는 가파르게 올라갈 것이다.

건우는 지금까지 세계를 흔들었던, 그리고 흔들고 있는 배우와 가수들보다 훨씬 대단한 가능성과 잠재력을 지니고 있었다.

언론에서는 호들갑을 떨며 대한민국 음악 역사를 새로 썼다고 떠들어댔지만 이제 시작이었다.

"내일 뭐 없지?"

"네, 내일은 없어요."

"그럼, 가자."

"어딜요?"

석준은 건우를 바라보며 씨익 웃었다.

"술은 역시 낮술이지."

"오랜만에 노래 연습 좀……."

"그걸 핑계라고 대냐?"

그날 건우는 석준과 새벽까지 달렸다.

                    *   *   *

손 필립은 많은 명작 영화를 기획 및 제작한 프로듀서였다.

대표적으로 '뉴욕의 밤', '미래전쟁', '퓨리 앤 뷰티'가 있었다.

특히 '퓨리 앤 뷰티' 시리즈는 메가 히트를 기록해 프로듀서로서의 그의 역량을 보여준 시리즈가 되었다. 현재 라인 브라더스의 프로듀서로 일하고 있으며 영화, 그리고 드라마에 이르기까지 큰 영향을 미치고 있었다.

그는 현재 제작비가 2억 달러로 책정된 '골든 시크릿'을 책임지고 있는 총괄 프로듀서이기도 했다.

'골든 시크릿'의 판권을 사올 수 있었던 것은 그의 역량이 컸다.

'골든 시크릿'은 3부작으로 기획되어 있어 당연히 차기작까지 염두에 둔 작품이기도 했다.

'골든 시크릿'은 최근 연이은 흥행 실패로 체면을 구긴 라인 브라더스에게 있어서 반드시 성공시켜야 하는 영화였다.

자본의 문제도 있었지만 자존심의 문제가 더 컸다.

든든한 돈줄이었던 '마법사 안리' 시리즈가 혹평, 그리고 흥행 참패와 함께 막을 내린 터라 더욱 날카로운 상태였다.

"흐음……"

그는 아파오는 머리를 감싸 쥐었다.

할리우드에서 투자자, 프로듀서와 감독과의 불화는 늘 있는 일이었다. 시작 전부터 삐그덕거린다면 보통은 흥행에서 참패했다.

'영화는 예술이 아니야. 산업이지.'

그게 할리우드의 논리였다.

영화는 돈을 벌 수단일 뿐이었다. 주어진 공식대로 하면 성공하는 경우가 많았다.

그래서 할리우드 스타일이 점차 고착화되고 있다는 비평을 듣기는 했지만, 일단 그렇게만 하면 돈이 되니 그런 말들은 신경 쓸 필요가 없었다.

프로듀서의 위치는 감독을 능가할 때가 많았다. 감독은 대체가 가능했기 때문이다.

그러나 그 대상이 크리스틴 잭슨 감독이라면 말이 달라진다.

그는 대체 불가능한 감독이었다. 그가 직접 찾아가 함께 하기를 부탁한 감독이기도 했다.

"확실히 비주얼만 본다면 더할 나위 없이 좋기는 하군."

최근에 요정왕 헬멘스 배역을 놓고 오디션을 봤다. 그와 크리스틴 잭슨, 그리고 제작사 관계자들이 함께 참여했는데 크리스틴 잭슨은 아예 심사할 생각을 하지 않았다. 그의 마음속에 정한 배우는 딱 하나였다.

바로 손 필립이 지금 살펴보고 있는 서류에 있는 배우였다.

한국 배우 이건우였다.

"세계 음악 차트를 석권하고 있고… 분명 스타성은 대단해. 문제는……."

그도 즐겨 들었다. 처음에는 그 노래를 부른 자가 크리스틴 잭슨이 말한 배우라는 것을 알았을 때는 깜짝 놀랐을 정도였다.

캐스팅 디렉터가 작성한 서류를 보면 이건우는 요정왕을 하기에는 어린 감이 있었고 배우 생활을 한 지 이제 1년이 넘었을 뿐이었다. 고작 드라마 두 편에 출연한 배우였다. 영화 경험도 전무했다.

게다가 가수로서의 인상이 훨씬 강했다. 가수만 하더라도 충분히 성공할 것 같았다.

개인적으로 그는 아무리 유명하더라도 가수를 영화에 배우로서 참여시키지 않았다.

서로의 노선과 색깔이 완전히 다르다고 생각했기 때문이다.

그에게는 그저 재능은 있지만 철없는 가수의 오기로만 보였다.

그도 원작 팬들이 무슨 말을 하는지 잘 알고 있었다.

캐스팅 물망에 오른 배우들이 어울리지 않다며 시위까지 일어날 기세였다.

특히, 스톤 브러쉬가 이건우의 모습으로 원화를 그린 이후에는 더욱 격렬해졌다.

동의하는 부분도 분명 있었다. 그러나 비주얼만 보고 결정하기에는 무리가 있었다. 그것은 크리스틴 잭슨 감독도 동의한 부분이었다.

영화의 캐릭터가 원작 캐릭터와 반드시 같을 필요는 없었다.

"보나마나겠지. 그 경력에 뭘 어쩌겠어?"

게다가 잘나가는 가수가 되어버렸으니 분명 이런저런 소리가 나올 것이다.

본래라면 오디션 응답이 없었을 때 잘라 버렸겠지만, 비주얼이 너무나 어울리는 게 문제였다.

그는 한숨을 내쉬고는 오디션 촬영 영상을 돌려보았다. 수많은 경쟁자들이 몰렸는데 딱히 마음에 드는 배우가 없었다.

다시 머리가 지끈 아파왔다.

제작사는 장황한 설명을 해가며 압박을 해오고, 믿었던 크리스틴 잭슨 감독은 협조적이지 않았다.

게다가 안 좋은 사건이 일어난 시기에 구설수에 올랐다. 루머로 밝혀져서 망정이지 더 시끄러워졌다면 감독을 교체하느라 시간이 더 지연되었을 것이다.

'할리우드는 전혀 화려하지 않아. 그저 돈이야, 돈.'

영화 제작은 전쟁이었다. 제작 과정 중에 지지고 볶고 싸우다가도 영화제에 가면 서로 친한 척하며 사진을 찍게 마련이었다.

가식적이지만 그게 현실이었다. 원래 요정왕 헬멘스의 배역이었던, 불의의 사고를 당한 레이먼 진스를 캐스팅할 때도 마찰이 심했었다.

이제 해외의 오디션 테이프를 볼 차례였다.

현지에서 오디션을 보기 전에 도착했지만 살펴보지 않고 있었다.

그는 잘 정리된 폴더 안의 파일을 순서대로 클릭했다.

제작사에서 주목하고 있는 중국 배우 쪽을 가장 눈여겨봤지만 역시 외관적으로 너무 어울리지 않았다.

연기는 그럭저럭 괜찮았지만 영어 발음도 그렇고 문제가 많았다.

그쪽에서는 이미 에이전트 U.T.A와 계약을 하고 영화 진출을 모색하고 있었지만 안타깝게도 이번 '골든 시크릿'은 아니었다.

그는 백인이 요정왕을 맡는 것이 맞다고 생각했다.

흔히 말하는 화이트 워싱이 아니라 어쩔 수 없는 인종적 특성 때문이었다.

그걸 초월할 만한 비주얼은……

'LEE Gun—Wu'.

마지막 파일이 보였다. 솟구치는 짜증에 삭제 키를 누르려다가 한숨을 내쉬고는 클릭해 보았다.

영상이 떠올랐다.

숀은 팔짱을 끼며 모니터를 바라보았다. 물론 그의 얼굴에서는 기대 같은 것은 찾아볼 수 없었다. 투자자와 감독, 그리고 관객들 모두를 만족시키는 배우를 찾아내기란 힘들었다.

영상이 시작되자 아주 잘생긴 남자가 나타났다. 숀도 그 외모에 진심으로 감탄했다.

사진으로 봤을 때와는 느낌이 달랐다. 계속해서 보고 싶고, 보게 되는 그런 매력까지 지니고 있었다.

'아시아인, 서양인… 이런 관점을 완전히 벗어났어.'

아예 다른 종족이라고 생각될 정도였다.

카메라가 그의 모습을 제대로 다 담지 못하는 것처럼 느껴졌다.

그는 팔짱을 풀고 집중해서 모니터를 바라보았다. 평소에 잘 끼지 않는 안경까지 꺼내 썼다.

편안한 분위기 속에서 그는 자기소개를 시작했다. 영어 발음도 완벽했다.

숀이 듣기에도 어색함이 전혀 없는 게, 현지인으로 봐도 무방할 정도였다.

환상적인 목소리 때문인지 그가 말하고 있는 영어가 마치 다른 세계의 언어처럼 느껴졌다. 신성하고 거룩한 느낌을 받았다.

그가 배역에 대해서 말하기 시작하자 숀은 점점 더 화면에서 눈을 뗄 수 없었다. 그가 알지 못했던 새로운 관점에서 이야기를 하기도 했고, 그가 공감할 수 있는 핵심적 내용도 들어 있었다.

그러나 외모적으로는 어울렸지만, 아니, 요정왕을 뛰어넘을 수준이라고 생각되었지만, 미소 짓고 있는 그의 모습은 너무 부드러운 느낌을 주었다.

보고 있는 숀도 그가 친근하게 느껴질 정도였다. 마치 예전부터 알고 지내던 친구를 보는 것처럼 흐뭇한 마음이 되었다.

그랬기에 도저히 요정왕이 보여줘야 할 권위적이고 차가운 모습이 나오리라고는 생각할 수 없었다.

'혹시……'

손은 관심 있게 지켜보았다.

연기를 잘해낼 것이라는 확신이 들었다.

기이하게도 영상을 보기 전까지는 냉소적이었지만 어느새 마음속으로 그를 응원하고 있었다. 마치 자신이 그에게 매료된 것처럼 느껴졌다. 근데 그게 기분이 좋았다. 참으로 기묘한 기분이었다.

연기가 시작되었다.

"억!"

호흡이 일순간 멎었다.

손은 눈을 부릅떴다.

연기가 시작되자 영상 속 남자, 이건우의 분위기가 180도 달라졌다.

그것은 차라리 기적이라고 표현해도 될 정도의 반전이었다.

도저히 눈을 뗄 수가 없었다. 그가 발산하고 있는 압도적인 위압감이 모니터 화면을 뚫고 자신에게 쏟아져 내리는 듯했다.

"하찮은 것들."

아름다운 목소리지만 두렵게 느껴졌다. 숀은 자신의 몸이 떨리고 있음을 깨달았다. 단지 오디션 테이프일 뿐인데도 숀은 두려움을 느끼고 있었다. 꽉 쥐고 있는 손이 하얗게 질렸다.

화면 속 이건우가 살짝 조잡해 보이는 검을 휘둘렀다. 그 아름다움에 숀은 압도되었다.

아무 말도 하지 못하고, 숨을 쉬는 것조차 잊은 채 5분가량 되는 연기를 바라보았다. 무대 세팅도 없었고 복장도 현대 복장이었지만 마치 진짜 다른 세상 속에 있는 인물을 보는 것 같았다.

숀은 그것에서 강한 쾌감을 느꼈다. 머릿속이 뻥 뚫리는 듯한 카타르시스가 온몸을 지배하며 그의 몸을 전율케 했다.

할리우드에서 연기를 잘하는 배우는 많았다. 그도 수많은 작품을 기획하며 배우들을 캐스팅했었기에, 지금도 연기 잘하는 이를 말해보라면 당장에라도 열 명은 더 꼽을 수 있었다. 그러나 숀에게 이토록 격한 감정 불러일으키고 감동을 넘어 두려움마저 선사한 배우는 단연코 없었다.

충격 그 자체였다.

숀은 자신이 지금 세상에서 가장 멍청한 표정을 짓고 있으리라 확신했다.

그가 알고 있는 연기의 가치관이 마구 흔들렸다. 지금까지 해온 모든 일들이 통째로 부정당한 느낌이었다.

배신감마저 들었다. 그리고 끝에 이르러서는 허무함을 느꼈다.

모니터 속 남자가 화면을 넘어 자신을 직시하는 듯했다. 그 눈빛은 무척이나 차가웠고 그 속에는 경멸과 살기가 깃들어 있었다. 마치 자신을 매도하는 것 같은 느낌이 들었다.

이건우라는 남자는 동영상 속 작은 무대를 넘어 숀이 있는 현실의 공간까지 지배하고 있었다.

"……."

영상이 끝났다. 숀은 영상이 끝나 화면이 검게 물들었음에도 한동안 멍하니 영상을 바라보고 있었다.

"후우……."

숨을 내쉬었다.

숀은 얼굴을 감싸 쥐었다. 크리스틴 잭슨의 강력한 추천으로 오디션 제안을 했을 때도 이런 기분이 되리라고는 생각하지 못했다. 어째서 보기도 전에 차별하고 등한시했는지 자신의 태도를 이해할 수 없었다. 영화를 기획할 때 선입견은 가장 멀리해야 하는 것들 중 하나였다. 아시아 배우에 대한 선입견이 알게 모르게 그의 머릿속을 지배하고 있었던 것이다.

'과거의 내가 원망스럽군.'

후회하고 있을 시간이 없었다.

그는 자리에서 벌떡 일어났다. 방금 전과는 다르게 힘이 넘쳐 보였다. 크리스틴 잭슨 감독과 상의를 하고 투자자들을 설득시켜야 했다.

'지금 날짜가⋯⋯.'

손은 핸드폰을 들었다.

다급함이 느껴지는 표정이었다. 너무 늦지 않았기를 바랄 뿐이었다.

4. 위대해질 준비

바빴다. 너무 바빴다.

건우가 아무리 초인적인 힘을 지니고 있어도 몸은 하나였다.

본래는 휴식기일 테지만 강제로 활동을 해야만 하는 상황이었다.

우스갯소리로 건우가 활동을 안 하면 폭동이라도 일어날 기세였다.

그만큼 건우의 위상은 올라가 있었다. 이제 가수의 영역으로만 따진다면 최고라 불러도 누구도 이의를 제기하지 않을 것이다.

그도 그럴 것이 건우의 빌보드 1위 기록은 예전 일본 가수를 넘어 신기록을 작성하는 중이었다.

아시아인으로서는 누구도 달성하지 못한 기록이 계속해서 갱신되고 있었다.

인지도 면에서는 국민 영웅이라 불리는 스포츠 스타와 비슷해졌다.

심지어는 공중파에서 이건우 특집으로 다큐멘터리가 만들어지기도 했다.

그 다큐멘터리의 제목은 무려 '이건우, 정점에 오르다'였다.

석준도 인터뷰를 했는데, 건우와 처음 만났을 때를 엄청나게 미화해서, 거의 신화 속에 나오는 인물을 묘사하는 것 아닌가 하는 생각이 들 정도였다. 그것은 걸그룹 샤인의 하연의 인터뷰도 마찬가지였다.

'음, 그러고 보니……'

슈퍼 케이팝스타 우승자는 뮤지스였다.

건우는 지방 행사나 초청 행사, 그리고 방송 공연, 각종 인터뷰 등을 소화하다 보니 챙겨볼 여유가 없었다.

게다가 잠을 거의 자지 않으며 자기 계발에도 힘쓰고 있었다.

영어는 이제 전혀 문제가 없었고 한걸음 더 나아가 지역별 다양한 발음 등을 익히고 있었다. 사투리를 배우는 기분이라 재미있었다.

뮤지스가 부른 아름다운 모든 것들이 꽤나 화제가 되었다고 한다. 현재 음원 차트에 건우와 나란히 1, 2위를 하고 있었다.

'한번 봐볼까?'

뮤지스와는 그날 이후 만난 적이 없었다.

건우는 오랜만에 다이버 in TV에 들어가 보았다.

이번에 슈퍼 케이팝스타 특별편으로 방영된 것을 편집해서 올려놓았는데, 뮤지스의 결승 무대와 코멘트가 나온다고 한다.

최근에 구매한 태블릿PC로 재생해 보았다.

많이 기대가 되었다.

많은 이들이 자신의 곡을 방송에서 불렀지만 모두 엄청난 혹평을 받았다.

심지어 어떤 가수는 네티즌들의 공격과 비아냥, 조롱에 SNS에 사과문을 올리기까지 했다. 아무리 생각해도 너무 심한 처사인 것 같았다.

건우의 노래를 부른다면 확실히 화제가 될 정도로 주목을 받기는 했지만 어중간하게 불러서는 악플만 가득해질 뿐이었다.

화제성만을 노려 고의적으로 노이즈 마케팅을 하는 이들도 존재했다.

다행히 이번 뮤지스의 노래는 원곡에는 미치지 않지만 그래도 그럭저럭 괜찮다는 분위기였다. 건우가 제시해 준 편곡의 방향이 먹혀들어 간 느낌이었다.

건우는 이어폰을 끼고 들어보았다.

'무대가 참 크네. 요즘 오디션은 이런가?'

관객 규모도 콘서트장을 방불케 할 정도로 컸고 무대도 마찬가지였다. 시즌 1을 진행할 때도 생방송은 있었지만 규모는 작았다.

무대 앞에는 심사위원 좌석이 있었는데, 석준이 가운데에 앉아 있었다.

그의 양옆으로 박운영과 유진렬이 보였다. 무대 위에 뮤지스가 올라오자 모두 웃으면서 박수를 쳤다. 유진렬이 마이크를 잡았다.

[선곡을 보고 정말 걱정을 많이 했는데요. 현재 빌보드 1위를 하고 있는 곡이죠? 곡의 완성도는 무척 뛰어나요. 그런데 그걸 부르는 건우 씨의 역량이 엄청나거든요.]

[네, 저도 솔직히 YS 대표님이 왜 이 곡을 반대하지 않았는지 궁금하네요. 이 노래는 뭐랄까… 작곡가에게는 큰 시

련을 주었고, 가수에게는 절망을 준 노래거든요. 제가 정말 좋아하면서도 두려워하는 곡입니다.]

박운영이 유진렬의 말을 이었다. 그는 코로나 엔터테인먼트의 대표로 흑인 음악을 주로 했던 가수였다.

석준과는 다르게 아직도 현역 가수로 활동하고 있기도 한 기획사 대표였다.

건우도 만난 적이 있었는데, 박운영이 굉장히 흥분하면서 사옥으로 한번 꼭 와달라고 초대까지 했다. 아직까지 바빠서 못 갔지만 말이다.

아무튼 그의 첫인상은 무척이나 음악을 사랑하는 사람이라는 것이었다.

박운영의 말에 유진렬이 고개를 끄덕였다.

[그러나 많은 반전을 보여준 뮤지스이니만큼, 이번에도 반전을 보여줬으면 하네요.]

유진렬이 멘트를 마치고 석준을 바라보았지만 석준은 따로 멘트를 하지 않았다.

그저 고개를 끄덕이면서 무대를 볼 뿐이었다. 건우는 그 모습을 보며 살짝 웃었다.

'석준이 형도 긴장했네.'

건우는 바로 알아볼 수 있었다.

태연한 척하고 있었지만 초조한 기색이 보였다. 석준은 건우와 전화 통화로 수차례 상담을 해왔을 만큼 이번 무대에 큰 신경을 썼다.

건우 덕분에 YS의 위상이 더 커졌고, 그에 걸맞은 능력을 보여주고 싶다고 말하기도 했다.

자신에 대한 좋은 이미지도 구축하고 말겠다는 의도가 더 크기는 하지만 말이다.

하지만 안타깝게도 네티즌들에게 독사곰이라는 별명을 얻은 후부터 석준이 생각하는 선량하고 부드럽고 착한 이미지는 절대 만들어질 수 없었다.

노래가 시작되었다. 어떤 퍼포먼스 없이 오직 노래에만 집중하겠다는 듯, 무대 위에는 의자 두 개만 덩그러니 놓여 있었다.

의자에 앉아 기타를 들고 있는 현수의 폼에서 프로의 느낌이 났다.

석준에게 하드 트레이닝을 받은 것이 효과가 있는 모양이었다.

건우는 눈을 감고 노래를 들어보았다.

당연하게도 그가 편곡을 했을 때보다도 훨씬 좋았다. 건우의 의도가 정확히 반영되어 있었고, 오히려 더 좋게 해석한 부분도 많았다.

상쾌한 느낌으로 재탄생되어 있었다.

'괜찮네.'

꽤 괜찮았다. 그러나 듣는 귀가 높아진 탓인지 좋다고 말해줄 수는 없었다.

그 후로 많은 노력을 한 것 같아 칭찬을 해주고 싶기는 했다.

무대가 끝나고 점수가 공개되었는데, 95, 90, 95점으로 공동 1위였다.

그러나 시청자 투표에서 압도적인 우위를 차지해 우승을 했다고 한다.

장면이 바뀌어 뮤지스의 인터뷰가 나왔다.

현아가 마이크를 잡고 있었다.

[건우 님이 직접 가르쳐 주셨어요! 저희가 준비한 걸 한 번 듣더니 바로 기타를 잡고 불러주셨는데… 그게 이번에 저희가 부른 버전이에요! 이번 우승은 건우 님께서 만들어 주셨기에 우승 상금은 전부 기부하겠습니다.]

영상 속 현아는 눈이 반짝반짝 빛나고 있었다. 저번에 봤을 때와는 인상이 달라진 느낌이었다.

그때는 말수가 적고 수줍음을 많이 탔었는데 지금은 활발한 느낌이 강했다.

그 이후로도 건우에 대한 이야기를 잔뜩 했는데 건우가 듣기에도 과장되어 있었다.

조금 곤란함마저 느낄 정도였다.

'아무튼 기쁘기는 하네.'

노력해서 얻은 성과이니 순수한 마음으로 축하해 주고 싶었다.

건우는 서울 시청에 와 있었다. 시청 앞 광장은 콘서트장으로 변해 있었다.

새해 특집 시민과 함께하는 한류 콘서트 K—STAR가 열렸기 때문이다.

리허설을 마치고 개인 대기실에서 한가롭게 시간을 보내고 있었다.

미국에 가기 전, 마지막 스케줄이었다. 반쯤 완성된 정규 앨범은 뒤로 미뤄졌다. 어차피 느긋하게 제작하려고 했으니 상관없었다.

'잘된 건가?'

요정왕 헬멘스 오디션 테이프를 보내고 얼마 뒤, 현지에서 오디션이 있었다고 들었다.

그때 건우는 내심 실망하지 않을 수 없었다. 떨어졌다는 것을 의미했기 때문이다. 그러나 총괄 프로듀서는 물론 크리스틴 잭슨 감독까지 직접 전화를 해왔을 때는 깜짝 놀랄 수밖에 없었다.

'이름값에 물러날 석준이 형이 아니었지.'

건우가 떨어졌다고 생각했을 때는 석준이 크게 화까지 냈다.

오디션 테이프를 보내놓고 합격 여부를 알려주지 않고서는 바로 현지 오디션을 치렀기 때문이다.

그건 명백히 건우를 무시하는 처사였다.

전화가 오자 기다렸다는 듯 미국 최대의 에이전시인 UAA와 에이전트 계약을 체결했다. YS와는 좋은 전략적 제휴 관계를 만들 수 있었다.

미국은 한국과 사정이 달랐다. 수많은 법률 소송이 오가는 나라였다.

배우를 보호하고 홍보하는 데 현지 에이전트와의 계약이 필수였다.

미국은 에이전트의 영향력은 컸다. 소속 배우, 감독, 작가 등을 세트로 묶어 상품을 기획, 영화사에 제의하는 일이 일반화되어 있었다.

최대 규모라고 불리는 UAA에 소속되었다는 것은 그만큼 많은 기회가 있다는 말과 일맥상통했다.

때문에 배우로서, 또는 연예인으로서 성공하기 위한 아주 큰 발판이었다.

건우는 계약할 당시 UAA에서 비행기를 타고 날아 온 UAA소속 에이전트를 만났는데, 이번 요정왕 배역은 UAA에서도 관심 있게 보는 프로젝트라고 한다.

큰 영향력이 있는 에이전트라 석준도 무척이나 든든해했다.

이번 요정왕 계약 건은 UAA에서 전력으로 나서준다고 하니 건우로서도 매우 잘된 일이었다.

타지에서 아무것도 모른 채 부당한 대우를 받는 것만큼은 피하고 싶었기 때문이다.

핸드폰을 보니 알림이 와 있었다.

애플톡이 아닌 다른 앱이었는데, 페이스클럽이 인수한 채팅앱이었다. 클럽토크라고 한다. 제인이 헤어지기 전에 깔아준 앱이었다.

에릭과 제인만 등록되어 있어 리스트가 텅텅 비어 있었다.

제인과 이야기하다 보니 생각보다 꽤 친해져 버렸다. 미국의 스타 배우라는 느낌보다는 그냥 유학생 친구를 둔 것 같은 기분이었다.

제인: 건우, 캐스팅된 거 축하해! 이번에 UAA랑 계약했다며? 나도 거기 소속이야! 내 친구들도 다 네 이야기뿐이야. 네가 실존 인물이 아니라는 루머도 있어! 엄청 바보 같은 이야기지? :)

건우: 그래.

답장을 하자마자 바로 답장이 왔다. 생각해 보니 지금 시간이면 아침일 것이다. 건우는 대략 답장해 준 후 핸드폰을 넣었다.

'인사하러 가볼까?'

스케줄 때문에 리허설 도중에 와서 마지막에 리허설을 했다.

지금쯤이면 모두 대기실에 있을 터이니 인사를 하러 가야 했다.

월드스타가 무슨 인사냐고 물을 수도 있겠지만 어쨌든 건우는 아직 가수로서의 경력이 길지 않은 후배이기도 했으니 예의를 지켜서 나쁠 것은 없으리라 생각했다.

'월드스타는 무슨……'

건우는 그렇게 생각하고는 피식 웃었다.

대기실이라고 해도 무대 뒤에 쳐져 있는 컨테이너와 천막이었다.

그래도 휴식을 취하기엔 충분히 안락했다. 서울시에서 주최하기 때문에 여러모로 신경을 쓴 것 같았다.

시청 앞 광장에서 한 콘서트 중에서 가장 규모가 컸고, 어쨌든 자신이 참여하니 세계가 주목하고 있다고 생각한 모양이었다.

건우가 생각한 것과 같은 내용의 기사도 나오고 있었는데, 건우는 이미 포기한 지 오래였다.

차라리 날카로운 비평을 해줬으면 좋겠다는 생각이 머릿속에 가득했다.

일단 MC 대기실로 갔다.

건우도 알고 있는 국민 MC 유진식이 이번 콘서트의 진행을 맡아서 부담 없이 문을 두드릴 수 있었다. 유진식은 대본 카드를 들고 연습하고 있었는데, 건우를 보자마자 자리에서 벌떡 일어나 다가왔다.

"오, 월드스타 이건우!"

"네, 월드스타가 인사하러 왔습니다."

"크으! 영광인걸?"

유진식은 변함이 없었다. 뛰는 녀석들에 출연하고 난 이후에 별다른 연락은 하지 않았지만 그래도 어제 본 것처럼 친근하게 느껴졌다.

"밖에 봤어?"

"오다가 조금 봤어요."

"엄청 많더라. 거의 10만 명이나 모였다는데… 아! 긴장돼."

"형도 떨려요? 국민 MC인데?"

유진식이 고개를 끄덕였다.

"그럼, 사람 앞에 서는 건 만날 떨리지. 안 그런 척하는 거야. 난 무대 체질이 아니거든."

"그렇군요."

유진식은 정신력이 강한 사람이었다. 뛰는 녀석들을 촬영할 당시 야외 예능 초보인 자신을 가장 많이 챙겨주기도 했다.

건우는 긴장을 억누르려 노력하고 있는 유진식을 바라보았다.

"제가 마사지 좀 하는데 받아보실래요?"

"어? 마사지?"

건우가 유진식이 거절하기 전에 그의 뒤로 갔다. 의자에 앉히고 어깨를 주무르기 시작했다.

가볍게 주무르는 것처럼 보였지만 건우는 혈을 짚으며 뭉친 근육을 풀어주고 내력을 퍼뜨려 그의 몸을 아주 편안하게 만들어주고 있었다.

"아!"

유진식의 입에서 감탄이 나왔다.

굳어진 근육이 풀어지는 느낌이 아주 시원했다. 온몸이 나른해지고 눈이 절로 감겼다.

마치 따듯한 물속에 몸을 담구고 있는 느낌이었다. 긴장이 완전히 풀려 의자에 몸이 푹 기대어졌다.

'꽤 안 좋은 기운이 뭉쳤었군.'

온몸에 안 좋은 기운이 많았다.

탁한 기운이 곳곳에 뭉쳐 있었는데, 건우가 모조리 흡수해 버렸다.

그것만으로도 내력을 모으는 데 꽤 도움이 되었다. 유진식은 아마 지금 날아갈 것 같은 기분일 것이다.

몸이 완전히 풀려서 그런지 긴장이 전혀 되지 않았다.

건우는 유진식의 목 근육을 풀어주며 마사지를 마무리했다.

"아! 오! 몸이 엄청 가벼워! 이런 걸 어디서 배웠어? 이건 마사지 수준이 아닌 것 같은데……."

"뭐, 미튜브에서 배웠죠."

유진식은 이리저리 움직이며 감탄했다. 오랫동안 앓던 이가 빠진 것처럼 느껴졌다.

유진식에게 인사를 마치고 다른 대기실에도 들려 인사했다.

모두 건우에게 호의적이었다.

대선배 가수도 건우를 무척이나 자랑스러워했다. 그만큼 건우가 낸 성적은 대단했다.

건우가 대기실로 돌아올 때쯤 어마어마한 함성 소리가 들렸다.

10만 명이 내지르는 함성이 건우의 몸을 울렸다.

미국으로 향하기 전 마지막 스케줄, 한류 콘서트가 시작된 것이다.

이번 콘서트는 축제였다.

시청 앞 광장이니만큼 무료로 진행되어 더더욱 많은 사람들이 함께할 수 있었다.

대기실에서 나와 무대와 관객들을 바라보며 축제를 즐겼다.

관객들이 흔드는 핸드폰 불빛은 장관이었다.

광장을 가득 메운 모습이 꼭 밤하늘의 별빛을 보는 것 같았다.

건우가 경험한 무대 중 가장 규모가 컸다. 올해 마지막이 될지도 모르는 한국에서의 공연이었다. 건우는 가진 모든 역량을 선보이기로 결심했다.

10만 명에게 최대의 감동을 주려면 모든 힘을 쏟아부어야 할 것이다.

'내력을 꾸준히 모은 게 다행이군.'

반갑자에 이른 내공도 분명 많은 양이지만 부족하게 느껴졌다.

그러나 오늘만큼은 조절을 하기 싫었다. 해외 진출을 하기 전, 건우는 모두에게 최고의 무대를 보여주고 싶었다. 이곳에 모인 수많은 관객들에게 자신이 누구인지 확실히 각인시키고 싶었다.

'최소한 잊혀지지는 않도록.'

건우의 순서는 마지막이었다.

관객들의 환호 소리를 들으니 빨리 무대 위로 올라가고 싶어 몸이 근질근질했다.

자신을 향해 내지르는 비명과도 같은 환호를 듣고 싶었다.

긴장 따위는 없었다.

유진식과는 다르게 건우는 무대 체질이었다. 오히려 무대에서 노래하면 연습했던 것보다 더 좋은 실력이 나왔다.

시연이 소속되어 있는 걸그룹 스위티의 무대가 끝나고 드디어 자신의 차례가 되었다.

건우는 무대 뒤로 향했다. 광장을 가득 매운 시민들의 모습은 장관이었다.

건우가 전생의 기억을 찾기 전이었다면 잔뜩 굳어 아무것도 할 수 없었을 것이다.

그러나 지금은 시민들의 시선과 감정, 그리고 함성이 건우에게 힘이 되어주었다.

'이런 광경을 나 혼자만 봐야 한다니…….'

감정이 가진 기운은 아름다운 색이었다. 각기 다양한 사람들이 모인 이곳에서 다양한 색채들이 피어났다.

건우의 시선에서 밝은 오로라가 어두운 밤하늘 위를 향해 뻗어가고 있었다.

조금 유치한 생각이기는 하지만 세상에 저런 색채가 가득하다면 사람들은 조금 더 행복해지지 않을까 싶었다.

오로지 자신만이 이러한 광경을 볼 수 있다는 것이 아쉬웠다.

유진식이 건우의 차례를 소개하기 시작했다. 유진식과 같이 서 있는 보조 MC는 하연이었다.

하연은 떠오르고 있는 신인 중에 가장 유망주였다.

일단 무척이나 귀여운 외모도 호감 요소였지만 노래를 무척이나 잘했다. 그래서인지 걸그룹 샤인의 멤버 중에서도 가장 인기가 많았다.

'내가 가르쳐 준 것도 없는데…….'

건우가 가르쳐 준 것도 없는데, 아주 많은 것을 배웠다며 예능 프로에서 말한 모양이었다.

그게 조금 과장되어서 '보컬 트레이닝을 받았다', 'YS에 들어가면 이건우가 연습을 봐준다'는 식으로 와전되었다. 때문에 가수를 지망하는 많은 학생들이 YS의 문을 두드리고 있었다.

여유가 있다면 그럴 수 있겠지만 강제적으로 휴식이 끝난 터라 그럴 시간이 없었다.

"아주 열기가 뜨겁네요. 네! 오래 기다리셨습니다. 대한민국이 요즘 이분 때문에 축제 분위기지요?"

"네! 세계를 점령한! 그 노래의 주인공입니다! 해외 여러 평론가들이 신이 내린 목소리라고 극찬을 했다고 합니다."

낯부끄러운 멘트였다.

더 듣고 있으면 견딜 수 없을 것 같았지만 한숨을 내쉬며 버텼다.

"이건우! 이건우!"

"이건우! 꺄아아악!"

아직 이름을 말하지 않았는데, 관객들이 자신의 이름을 외치기 시작했다.

처음 있는 일은 아니었다. 그러나 오늘은 왠지 더욱 크게 와닿았다.

10만 명에 달하는 사람들이 자신의 이름을 강렬한 마음을 담아 외치고 있었다.

그 감정은 파도가 되어 건우를 덮쳤다.

정말 황홀한 경험이었다.

"대한민국 음악의 역사를 새로 쓴 주인공이시죠? 여러분, 박수로 환영해 주세요! 이건우 씨입니다!"

"와아아아!"

유진식이 힘차게 건우를 소개했다.

함성과 함께 박수가 터져 나왔다. 건우는 무대로 걸어 나왔다.

건우가 무대 가운데에 설 때까지도 환호성은 그치지 않았다.

건우는 인이어를 빼고 그 함성을 들었다.

마치 자신이 보통 인간을 넘어선 위대한 사람이 된 것 같은 기분이 들었다.

황제가 된다는 것이 이런 기분일까?

이건 마약이었다. 건우마저 중독시킬 정도로 강력한 마약이었다.

이런 환호와 관심이 영원히 지속되었으면 하는 바람이었다.

아름다운 모든 것들의 전주가 시작되었다.

건우는 전신의 내력을 개방했다.

최근에는 모든 내력을 쏟아부어 노래를 부른 적이 없었다.

내공이 심후해지고 강대해진 만큼 아주 좋은 영향을 미칠 것이다.

환호 소리가 잦아들고 순식간에 고요해졌다.

모두 기대감이 잔뜩 담긴 눈동자로 건우를 바라보았다. 무대 뒤에 설치되어 있는 스크린에 건우의 웃고 있는 모습이 떠올랐다.

건우는 가장 행복했던 시절을 떠올렸다. 그때의 감정이 가슴을 두근거리게 했다. 절로 미소가 지어질 수밖에 없었다.

건우가 노래를 부르기 시작했다. 그의 목소리는 지금까지의 공연과는 질적으로 달랐다.

사람들의 마음에 단번에 파고들어 자신의 색으로 물들였다.

관객들의 호흡이 바로 앞에서 느껴졌다.

'좋다.'

'행복해.'

'아…….'

관객들의 감정이 느껴졌다. 건우의 입가에 절로 미소가 떠올랐다.

그들과 나누는 호흡은 행복의 소통이었다.

건우는 1절이 끝나자 마이크를 내렸다.

간주가 흘러나오자 10만 명의 관객들이 간주를 따라 부르기 시작했다.

"우~ 우우우~"

벼락에 맞은 것 같이 짜릿했다.

건우는 그 광경을 멍하니 바라보았다.

관객들은 거기서 그치지 않고 일제히 핸드폰을 치켜들었다.

건우가 정하거나 하지는 않았지만 건우를 상징하는 색깔은 흰색이었다. 관객들이 간주를 떼창하며 하얀 물결을 만들었다.

그 물결은 건우에게 격한 감동을 선사해 주었다.

관객들도 건우의 노래에 행복해하고 있었다.

그 특별함이 거대한 기운이 되어 건우를 향해 쏟아져 내렸다.

'즐겁다.'

이 기분을 경험해 보지 않은 사람은 모를 것이다. 건우는 더욱 힘을 내서 전력으로 노래를 불렀다.

건우에게서 시작된 감정의 물결이 퍼져 나가며 관객들의 마음을 사로잡았다.

건우의 라이브를 듣고 눈물을 흘리는 사람도 많았다. 모두 저마다 미소를 그리고 있었다. 건우의 목소리를 들은 관객들은 지금껏 어떤 가수에게서도 느끼지 못했던 황홀함을 느꼈다.

무엇보다 듣고 있으면 절로 행복한 추억이 떠올랐다.

후렴 부분에서 건우가 관객들에게 마이크를 넘기자 관객들이 모두 따라 불렀다. 마치 자신의 단독 콘서트장이 된 것 같은 기분이었다.

"감사합니다."

마지막 소절을 부르고 고개를 숙였다. 10만 명이 내뿜은 기운은 그야말로 막대했다. 건우의 혈맥을 타고 돌며 단전을 뜨겁게 만들었다. 몸이 달아올라 살짝 얼굴이 붉어질 정도였다.

그렇게 내력을 쏟아냈음에도 전신에 차오르는 충만감을 느꼈다.

건우는 벅차오르는 기분을 만끽하며 환하게 웃었다.

"앵콜!"

"와아아아아!"

준비된 곡은 이게 끝이 아니었다. 다른 가수들과는 다르게 건우는 3곡을 준비했다.

'달빛 호수' OST와 마스크 싱어 때 부른, 가장 난도 높은 노래였다.

3곡을 부르고 나서 잠시 무대 위에서 기다리자 공연을 한 가수들이 모두 올라왔다.

엔딩곡은 다른 가수들과 같이 부르는 합동 공연이었다. 선후배 가수와 리허설 때 같이 맞춰본 것이 다였지만 어떻게든 될 것 같았다.

괜히 가수가 아니니 말이다.

"와아아아!"

마지막 합동 공연의 곡은 역시 아리랑이었다. 무언가 정형화된 패턴 같았지만 한류 콘서트답기는 했다.

선후배 가수들과 함께 노래를 부르는 기분이 나쁘지는 않았다.

마지막 무대에서 건우와 같이 노래를 부른 선후배 가수들은 큰 굴욕을 당하고 말았다.

건우의 '한'이 담긴 목소리는 그야말로 압도적이었다.

건우가 노래를 부를 때와 다른 이들이 부를 때의 차이가 하늘과 땅 차이만큼 너무나 커다랗게 났다.

성량마저 압도해 버리니 마치 프로의 무대에 아마추어들이 섞여 있는 듯한 착각이 일었다.

건우도 그것을 느꼈지만 일부러 노래를 못 부를 수는 없는 노릇이었다.

건우의 라이브를 한번 들은 사람은 다른 가수의 노래를 제대로 감상하지 못하는 부작용이 있었다.

굉장히 맛이 다양한 음식을 먹다가 갑자기 밍밍한 죽을 먹는 것 같았기 때문이다.

마지막 무대를 마치고 모든 가수들과 함께 마지막 인사를 했다.

건우는 비교적 눈에 띄지 않는 가장자리에 섰다. 그럼에도 건우만 유독 빛나 보였다.

"이건우 멋지다!"

"잘생겼어요! 사랑해요!"

다른 가수가 무안하게 관객들이 건우의 이름을 외쳤다. 건우는 조금 미안해하면서도 손을 흔들어 주었다.

반응은 뜨거웠다.

라이브는 역대 최고였다.

건우의 이번 무대는 마스크 싱어를 아득히 넘어섰다는 평가를 받았다.

건우의 라이브 부분만 편집되어 순식간에 대형 인터넷 커뮤니티에 퍼졌다.

특히 서브 컬처를 중심으로 만들어진 커뮤니티 '줄리아'에는 빠르게 글들이 올라왔다.

줄리아는 남자와 여자의 숫자가 반반이라는 통계가 있는 커뮤니티 사이트이기도 했다.

최근 이건우 게시판까지 만들어져 있었는데, 건우를 주인공으로 한 2차 창작물이 많이 올라오기도 했다. 그들은 스스로 '건우 님은 절대 이곳에 들어오면 안 돼', '제발 들어오지 마세요'라고 말하고 있었다.

무언가 대단한 것이 숨겨져 있는 곳이었다.

이건우 게시판은 다른 게시판과는 다르게 존댓말을 꼭 해야 했고 부드러운 표현은 필수였다. 욕을 하면 바로 영구적으로 IP 차단까지 당하는, 어찌 보면 상당히 깐깐한 곳이었다.

아무튼 이건우 게시판에 공연 직관 후기가 올라왔다.

베스트 게시글

제목: 라이브 종결자 이건우

방금 K—STAR 직관 갔다 와서 후기를 남깁니다!

무료 공연이라 그런지 지하철역이 아주 꽉 찼어요. 진짜 광장까지 그냥 떠밀려 가는 느낌이었습니다. 특히 학생들이 많았는데, 부산에서 올라온 학생들도 있었어요!

[사람으로 가득 찬 지하철 역.jpg]

여름이었다면 분명 쪄 죽었을 거예요.

광장에 가니 앞줄에는 벌써부터 사람이 가득합니다. 저도 일찍 왔는데 아침부터 기다린 사람들도 많다더군요. 맨 앞줄은 하루 전부터 있었다고 해요.

모두 건우 님 팬이었어요! 너무 뿌듯합니다. 외국에서도 많이 오셨더군요.

[외국 팬들과.jpg]

광장이 사람들로 가득했습니다. 10만 명으로 추산된다고 하는데 제가 보기에는 더 많은 것 같았어요. 광장이 아닌 다른 곳에서 보고 계시는 분들까지 합치면 15만은 족히 되지 않을까요?

차례를 보니 건우 님은 맨 마지막 순서랍니다. 여러 가수들이 나와서 꽤 즐겁기는 했어요. 건우 님이 손수 트레이닝을 해준 샤인도 나와서 나름 재미있게 봤답니다.

오랜 기다린 끝에 드디어 건우 님의 무대가 시작되었습니다. 가지고 간 카메라로 동영상을 찍어보았습니다.

[미튜브 링크: 건우 님 공연 직촬]

라이브는 진짜 역대급이었습니다. 태어나서 수많은 공연을 봤지만 감히 최고라고 말하고 싶네요.

왜 건우 님 라이브 들으면 자기도 모르게 팬티를 적신다고 하는지 알 것 같았습니다. 아마 직관하신 분들은 다 동의하실 겁니다. 특히 마지막에 다른 가수들과 같이 노래 부를 때 드러난 클래스 차이는 대단했습니다.

마지막으로 고해상도로 찍은 건우 님 사진 투척합니다.

[무대 위 건우 님.jpg]

[무대 위 건우 님2.jpg]

진짜 제 인생 베스트 샷입니다!

건우핥핥: 혼자 노래 부르는 것 같네요. 게다가 그 와중에 걸그룹까지 오징어로 만들어 버리는 미모… ㄷㄷㄷ. 인간이 아닌 듯.

숭배건우: 다른 가수를 뭐라 하고 싶지는 않은데 이건 뭐… 수준 차이가 너무 나네요. 건우 님, 이건 민폐잖아요. ㅠㅠ.

음악신: 저도 직관 갔는데, 진짜 후광이… 실물 보면 진짜 넋이 나갑니다. 노래도 진짜 실신할 정도로 좋았습니다. 가창력이라는 개념을 초월한 것 같아요.

객관적평가: 예전에 건우 님을 가창력 4대 천왕 중 하나라고 놓았다가 이런저런 말들이 많았는데, 이제 다른 커뮤니티 사이트에서도 유일신으로 대우해 줍니다.

─RE: 제왕건우: 빌보드 1위 가수인데 당연하죠. 솔직히 건우 님이 등장하면 순위 따위는 의미가 없어져요.

─RE: 음악신: 격하게 인정합니다.

줄리아뿐만 아니라 다른 커뮤니티의 글들도 거의 찬양 일색이었다.

수많은 화제 글을 남긴 채, 건우의 미국 진출 전 마지막 스케줄이 그렇게 끝났다.

*　　　*　　　*

건우는 한국 스케줄을 정리했다.

빌보드 순위는 여전히 변동이 없었고 6주째 1위를 이어가고 있었다.

이제 슬슬 질릴 만도 하지만 건우의 노래는 마치 마약 같아서 들으면 들을수록 더 듣고 싶어지는 기이한 매력을 가지고 있었다.

이미 외국어로 된 노래 중에서는 최장 기록을 달성해 버렸다. 누가 동양의 노래, 그것도 디지털 싱글 한 곡이 이런 파장을 불러올 것이라는 상상을 하기나 했을까? 특히 영어로 모든 것이 소통되는 미국에서 말이다.

미국 현지 에이전트가 라인 브라더스와 좋은 조건으로 출연 계약을 성사했다.

세부적인 내용까지 어느 정도 합의가 되었고 최종 사인만을 남겨놓은 상태였다.

건우의 출연 가능성이 알려지자 해외 유명 업체가 투자 의사를 밝혔다고 한다. 영화 쪽과 전혀 관련이 없는 기업이었는데, 자세한 내막은 알 수 없었다. 요정왕의 다른 후보도 있었지만 이제는 생각할 수조차 없게 되어버렸다.

'첫 영화를 할리우드 영화로 할 줄이야.'

건우는 운이 겹친 것 같다고 생각했다. 건우가 그저 별

볼 일 없는 배우였다면 무시를 당했겠지만 지금 건우는 누구에게 무시당할 위치가 아니었다.

때문에 에이전트에서도 비교적 순조롭게 출연료 협상 및 여러 가지 것들을 얻어낼 수 있었다. 겹경사라고 표현하는 것이 옳을 것이다.

생각보다 미국으로 출발할 시간이 빨리 다가왔다.

건우가 미국으로 출발하기 전에 진희, 리온과 함께 간단한 송별회를 가졌다.

영원히 떠나는 것도 아닌데 진희의 눈에 눈물이 글썽글썽 맺혔었다.

"나도 갈거야! 할리우드!"

"저도 갑니다! 빌보드!"

둘은 이러면서 술을 마구 들이키며 광란의 밤을 보냈다. 결국 밤새도록 마시다가 집에서 재워줄 수밖에 없었다.

"다 준비했냐?"

"어. 챙길 건 별로 없어. 뭐, 현지에서 다 준비해 준다니까."

"이야, 이제 할리우드 스타네. 내 친구가 할리우드 영화에 나온다니 참… 아! 빌보드 1위 가수였지. 너 이제 보니 엄청 대단하네."

그렇게 말하는 승엽은 아쉬운 표정이었다.

건우가 해외에 있을 동안 다른 가수의 매니저를 맡을 예정이었다.

아마 건우와 함께하는 것만큼 편하지는 않을 것이다. 하지만 그것보다는 같이 갈 수 없다는 것이 아쉬운 모양이었다.

친구의 성장은 좋은 일이었다. 승엽은 건우의 해외 진출을 순수한 마음으로 축하해 주었다.

건우는 씨익 웃었다.

"3년만 있어 봐라. 나 만나기 힘들걸?"

"하하, 아카데미상이라도 타려고? 기왕이면 그래미상도 같이 타라."

"다 휩쓸어볼까?"

"네가 말하니까 농담 같지 않네. 그래, 맞아. 기왕이면 다해 먹어야 하지 않겠냐?"

승엽은 건우가 말한 것이 전혀 허황된 이야기는 아니라고 생각했다.

지금 이 자리에 오기까지 1년이 조금 넘었다. 3년 뒤면 어디까지 가 있을까? 아마 지금보다 훨씬 높은 곳까지 올라가 있을 것이다.

승엽도 의욕이 활활 솟구치는 것을 느꼈다. 건우는 그런 승엽을 보면서 웃을 뿐이었다. 승엽은 자신에게 무슨 일이 있어도 평생 곁에 있어줄 친구였다. 건우 자신도 승엽에게 그렇고 말이다.

건우는 바로 공항으로 향했다. 집은 YS에서 관리를 해주기로 했으니 신경을 쓸 필요는 없었다. 집을 산 지 얼마 되지 않아 해외 진출을 하는 상황이 조금은 아쉽게 느껴지기도 했다.

공항에 도착하니 중국에 나갔을 때보다 더 많은 취재진이 몰려 있었다.

무슨 국가 대표 자격으로 올림픽에라도 나가는 것 같은 느낌이 들었다.

건우의 팬들이 '세계 정복 이건우'라는 플래카드를 들고 마구 흔들고 있었다.

'세계 정복이라니… 너무 설레발인데.'

정점에 올라가 보고 싶기는 했지만 지금 단계에서 나올 단어는 아니었다. 어쨌든 질서 정연하게 주위에 민폐를 안 끼치면서 할 일을 다 하는 모습은 건우의 팬답다고 할 수 있었다.

밴에서 내리자 취재진들이 빠르게 다가왔다. 이동에 방해가 될 정도였는데, 안으로 들어가기 위해서라도 취재진들의 질문에 간단히 대답해 줘야 했다.

"이건우 씨! 미국 입성을 앞둔 기분이 어떠십니까?"

"좋네요. 설렙니다."

"제인 양과의 열애설이 나오고 있는데……."

"사실이 아닙니다."

조금 무례한 질문도 있었지만 건우는 여유 있게 받아 넘겼다.

이제는 기자들을 대하는 데 도가 튼 건우였다.

건우와 면식이 있는 기자와 눈이 마주쳤다.

"대한민국 가수와 배우를 대표해서 미국 진출을 앞두고 계신데요. 건우 씨의 활약을 기대하고 계신 국민들께 한 말씀 해주실 수 있습니까?"

"제가 대표라고 생각하지 않습니다. 지금 당장 저보다 뛰어난 분들이 아주 많습니다. 그렇지만 운이 좋아 해외에 나가는 만큼, 기대하고 계신 많은 분들을 실망시키지 않도록 최선을 다하겠습니다. 응원해 주셔서 감사합니다."

장황하기는 하지만 건우는 겸손하게 대답했다.

자신의 모든 발언이 뉴스, 그리고 기사로 나갈 것이다. 그러니 신중하게 답할 수밖에 없었다. 주위에서 이렇게 띄워주니 패기 있게 대답하고 싶었지만 건우는 현실을 잘 알고 있었다.

빌보드 1위로 스타 반열에 올랐기는 하지만, 아직까지는 그저 반짝 스타 정도의 인지도만 지니고 있는 것이 현실이었다.

물론 그 정도만으로도 대단한 것이었다. 딱 한 번 해외에 나가본 동양의 배우에게 할리우드에서 활동할 수 있는 기반을 마련해 주었기 때문이다.

건우는 공항으로 들어갔다. 주위의 사람들이 건우를 보고는 바로 스마트폰으로 건우의 모습을 찍었다. 그런 모습은 익숙해져 아무렇지도 않았다.

승엽이 진지한 표정으로 건우를 바라보았다.

"건우야 잘 갔다 와라."

"야, 무슨 군대 가냐? 중간중간에 들어올 수도 있어. 왜들 이렇게 난리인지 모르겠다."

"하하, 뭐, 그렇긴 하지. 음, 진희 누나 왔으면 아마 울었을 걸?"

건우는 고개를 설레 젓다가 승엽과 포옹을 했다.

YS 관계자들과 같이 가기는 하지만 현지에 도착하면 에이전시에서 맡아 관리를 해줄 것이다.

건우의 경우에는 아무것도 없이 맨몸으로 가서 부딪히는, 그런 것은 아니었다.

이미 성공 가도를 달리는 중에 가는 것이니 대우가 상당히 좋았다.

에이전시에서도 건우가 가진 잠재력을 충분히 알고 있었다. 건우 자신도 자신의 능력이 충분히 해외에서 통한다고 생각했다.

'두 번째 해외인가…….'

건우는 1등석 대기실에서 잠시 기다리다가 비행기에 올랐다.

건우의 목적지는 LA였다.

라인 브라더스 픽처스가 있는 곳이었다. 할리우드에 위치한 라인 브라더스 픽처스 투어는 세계적으로 유명하고 인기도 꾸준히 많았다.

건우도 예전에 한 번쯤 가보고 싶었던 곳이었다.

'코믹스 히어로들을 좋아하기도 했지.'

중학교 때 본 파워맨은 아직도 뇌리 속에 강렬히 남아 있었다.

코믹 시리즈 중 최근 영화화한 작품들은 모조리 망했지만 그래도 꾸준히 쌓아놓은 작품들이 있었다.

실제로 '마법사 안리'의 경우에는 마지막 작품이 망했다고는 하지만 전작에 비해서 망한 것이지 수익 면에서는 괜찮았다.

코믹이나 소설을 영화화한 작품을 다수 보유하고 있기 때문인지 캐릭터 산업에서도 강점을 나타내고 있었다.

건우는 가방에서 진희가 챙겨준 것들을 꺼냈다. 12시간 동안 가야 한다며 다양한 것들을 챙겨줬다. 수면 안대와 책, 그리고 다양한 자료가 들어 있는 USB도 있었다. 진희의 정성이 느껴져 건우는 살짝 웃었다.

동생처럼 느껴지다가도 어쩔 때 보면 누나 같았다. 실제로 누나가 맞기는 했다.

'아메리카 드림이라는 말도 있지?'

비행기가 날아올랐다.

건우는 오랜만에 마음이 설레었다. 앞으로 무슨 일이 일어날지 너무 기대가 되었다.

무림으로 따지면 중원을 떠나 세외 세력권으로 비무행을 가는 것 같은 기분이 들어 건우는 피식 웃었다.

지금까지 건우의 비무행은 단 한 번도 실패한 적이 없었다.

*   *   *

할리우드!

모든 배우가 꿈꾸는 무대였다. 할리우드 영화는 미국의 제2수출 품목으로 세계 시장의 70%를 점유하고 있고 영화 업계 총수익의 40%가 넘는 돈을 벌어들이고 있었다. 그만큼 엄청난 자본이 흐르는 동네였다.

할리우드에서 성공한다는 것은 세계시장에서 성공한다는 말과 같았다.

한국 영화 산업이 발전하고 있지만 한국과 비교할 수 없는 것이 현실이었다.

그래도 미국의 메이저 배급사들이 한국 시장에 투자를 시작한 것은 한국 영화가 그만큼 성장했다는 것을 의미했다.

비행기에서의 긴 시간은 지루하지 않았다.

아마도 무림 역사상 이 정도 상공에서 운기조식을 해본 무림인은 건우뿐일 것이다.

구름 위에서 하는 운기조식은 마치 신선이 된 것 같은 기분을 느끼게 해주었다.

눈을 감고 집중하여 의식을 확장시키면 하늘에 떠 있는 기분이 될 수 있었다.

하늘의 기운은 깨끗하지만 무척이나 차가운 느낌이었다. 그것을 느끼는 것만으로도 시간이 무척이나 잘 갔다.

왜 수많은 절대고수가 신선이 되고 싶어 했는지 느낄 수 있었다.

12시간의 비행 끝에 로스엔젤레스공항에 도착했다. 공기가 달랐다.

그리고 느낄 수 있는 기운도 달랐다. 뉴스에서 보고 들은 것이 있어 입국 심사가 까다로울 줄 알았지만 전혀 까다롭지 않았다.

오히려 건우를 알아보고 미소를 지었다.

"로스엔젤레스에 오신 걸 환영합니다."

"감사합니다."

"폐하, 아무쪼록 즐거운 여행되시길."

"네? 하하, 고마워요."

미국 입국 심사관이 웃으면서 자신의 가슴을 두 번 치고는 그렇게 말했다.

그 모습에 건우도 피식 웃으면서 고개를 끄덕였다. '골든 시크릿'에서 엘프족들이 하는 인사였다. 아무래도 심사관이 '골든 시크릿'의 팬인 것 같았다.

빠져나오니 팬들과 기자들의 모습이 보였다. 숫자는 적었지만 예상했던 것보다는 많았다.

그래도 수백 명이 나와 있는 터라 공항 요원이 건우에게 따라붙었다. 미국 기자들이 건우의 모습을 카메라에 담았다.

교민들도 있었지만 대부분이 미국인들이었다. 그것이 제법 신기하게 느껴졌다.

한쪽 구석에서 열 명 남짓한 인원이 코스프레를 하며 플래카드를 들고 있는 것이 보였다.

엘프 코스프레였는데, 좋게 말해도 미남 미녀들은 아니었지만 그럭저럭 봐줄 만한 수준이었다.

딱 봐도 '골든 시크릿' 코스프레였다. 건우와 시선이 마주치자마자 정중하게 무릎을 꿇고는 인사했다.

건우는 그런 모습에 살짝 당황했다. 접근하지는 않고 손을 흔들어 인사를 해준 뒤에 빠져나왔다.

'음, 그래도 완전 무명은 아니군.'

현 빌보드 1위 가수이니 이 정도 관심은 당연했다.

공항 밖으로 나오니 에이전트가 기다리고 있었다. 푸근해 보이는 아저씨 인상인 에이전트였는데, 이름이 마이클 보라스였다.

마이클 보라스는 영향력이 있는 에이전트였다. 건우는 설마 마이클 보라스가 마중 나와 있을 줄은 상상도 하지 못했다.

"반갑습니다. 기억나시나요? 한국에서 한번 뵈었죠."

"네, 그때 알아 모셨어야 했는데… 엄청 유명하시더군요."

"하하, 무슨 그런 겸손한 말씀을. 아! 일단 가시죠."

이제 통역이 없어도 상관없었다.

YS 관계자들과 이야기를 마치고 마이클 보라스의 차에 올랐다. 깔끔한 세단이었다.

마이클 보라스가 직접 운전했다. 마치 삼촌이 공항에 마중 나온 것 같은 기분이 들었다.

"로스엔젤레스, 첫 인상이 어떻습니까?"

"넓고 크네요."

"괜찮은 동네입니다. 제가 안내해 드리겠습니다."

"괜찮으십니까?"

"당연하죠. 점수 좀 따게 해주세요. 미모의 매니저가 아닌 것이 조금 아쉽기는 하죠?"

건우는 마이클 보라스의 말에 피식 웃었다.

에이전트는 의뢰인이 고용될 수 있도록 스튜디오와 거래하는 일을 한다.

한국의 연예 기획사는 에이전시와 개인 일정 및 활동을 관리하는 매니저먼트 역할을 동시에 하지만, 미국의 에이전시는 전통적으로는 매니지먼트 업무와 구분되어 있다.

최근에는 두 경계가 허물어져 갈등이 벌어지기도 하지만 말이다.

아무튼, 매니저는 그런 에이전트가 하는 일을 도우면서 매니저 업무를 수행한다.

유명한 에이전트의 파워는 배우보다 강력한 경우도 많았다.

건우도 대충 석준에게 설명을 들어서 인지하고 있었다.

창밖으로 비치는 풍경은 낯설었다. 영화나 드라마에서나 보는 풍경이 펼쳐져 있었다. 그제서야 건우는 비로소 미국에 왔음을 실감할 수 있었다.

'기회의 땅이라……'

건우는 이번 기회를 살리고 싶었다. 인생에 한 번 찾아올까 말까한 기회였다.

마이클은 창밖을 보고 있는 건우를 힐끔 바라보았다. 그 어떤 스타를 상대할 때보다 긴장이 되었다. 요즘 다른 배우들을 만날 때는 자신이 비교적 우위를 가지고 대할 때가 많았지만 옆에 있는 건우는 아니었다.

할리우드 배우 중에서 전설이라 불리는, 산전수전 다 겪은 고령의 배우에게서도 느끼기 힘든 분위기, 그리고 위압감이 감돌았다.

건우는 시종일관 부드럽게 말하고 있지만 마이클에게는 아직도 큰 충격으로 다가왔다.

처음 한국에서 그를 만나기 전까지만 해도 그저 원 히트 러너, 동양의 가능성 있는 배우로 생각했다.

그러나 그를 만나고 나서는 그의 그런 생각이 완전히 날아가 버렸다.

건우는 이미 완성된 배우였고 성공할 수밖에 없는 스타였다. 그리고 에이전트 입장에서는 반드시 친해져야 하는 찬란한 스타였다.

"이곳은 건우 씨 말대로 넓고 크죠. 많은 영화들이 쏟아져 나오는 곳이니까요. 그렇기에 많은 스타들이 탄생하죠."

"할리우드 스타를 만나면 사인이라도 받고 싶네요."

"하하!"

마이클은 크게 웃었다. 마이클은 영화를 좋아했다. 과거에 그는 배우이기도 했다.

할리우드에서 영화가 만들어지는 방식은 이미 공식화가 되어버린 것을 절실하게 알고 있었다.

그런 공식이 더 좋은 영화를 만들어내는가? 그렇지 않다. 그렇지만 더 돈이 되는 영화를 만들어낼 수 있었다. 마이클은 아주 과한 생각일지도 모르지만 건우가 그런 영화에 예술성을 부여할 수 있는 배우라고 생각했다.

누가 들으면 헛소리라면서 나무랄지도 몰랐다. 하지만 건우를 다시 보니 막연히 그런 생각이 들었다.

마이클은 건우를 힐끔 바라보며 입을 뗐다.

"얼마 지나지 않아 당신은 할리우드에서 가장 유명한 배우가 되실 겁니다. 아! 이미 유명한 가수이시지요. 둘 다 톱이 되면 되겠네요."

"그럴까요?"

"네, 그럽시다. 반드시!"

건우는 빈말이라도 고마웠다.

덕분에 로스엔젤레스의 첫 인상은 나쁘지 않았다. 계속 이렇게 좋은 인상으로 남아주었으면 하는 바람이었다.

*   *   *

마이클은 한동안 건우와 어울리며 직접 모든 것을 해결해 주었다.

UAA 본사는 베벌리힐스에 있었는데 건우는 근처 호텔에 묵게 되었다.

UAA가 소유한 호텔이었는데, 베벌리힐스가 부자 동네이니만큼 하나부터 열까지 대단히 좋았다. 건우가 중국에서 묵었던 고급 호텔과 비슷했다. 다른 점이 있다면 조금 더 여유가 느껴진다는 점이었다.

건우는 감탄하거나 그러지는 않았지만 UAA가 가진 위상을 다시 한번 느낄 수 있었다. 괜히 미국 최대의 에이전시가 아니었다.

YS와 협력 관계를 맺었다고는 하지만 규모면에서는 비교가 되지 않았다.

YS가 중소기업이라면 UAA는 대기업이었다.

한국과 다르게 할리우드는 에이전시와 스튜디오 중심으로 돌아갔다.

UAA는 이 거대 산업에 중심에 있는 것이다.

석준이 직접 보고 그 거대함을 느꼈다면 의기소침해졌을지도 몰랐다.

돈을 버는 자릿수 자체가 다르니 어쩔 수 없었다. 그리도 이번 협력 관계를 통해 건우는 물론 YS도 성장할 수 있는 계기가 될 것이다. 건우는 YS의 1세대 미국 진출 배우, 그리고 가수였다.

건우는 마이클의 안내를 받아 UAA 본사를 방문했다. 대표까지 만나고 건우를 담당하게 될 법무팀 변호사 및 매니저 역시 소개를 받았다.

모두 립 서비스이기는 하지만 건우의 팬이라며 호감 어린 태도로 다가왔다. 마이클 덕분에 낯선 이국땅도 그리 낯설게 느껴지지 않았다.

 이틀을 푹 쉬었다. 건우는 근방을 돌아다니거나 호텔의
헬스장에서 몸을 푸는 걸로 시간을 보냈다.

 유명인들도 꽤 많이 오는 헬스장이었지만 건우는 유난히
눈에 띄었다.

 오늘은 마이클과 함께 라인 브라더스 픽처스로 가야 했
다. 호텔 앞으로 나오니 마이클이 마침 도착해 있었다.

 "건우, 잘 쉬었나요?"

 "네. 덕분에 좋았습니다."

 "오, 벌써 유명인이 되셨군요."

 마이클이 건우의 뒤를 보며 말했다. 건우가 고개를 돌려
보니 운동할 때 인사를 나눈 여인들이 건우에게 손을 흔들
고 있었다.

 건우가 살짝 웃으며 흔들자 대단히 좋아했다. 마이클은
그 모습을 보고 건우가 매력을 철철 흘리고 다닌다고 생각
했다.

 남자로서 부럽기도 했다.

 "그들이 당신을 직접 보게 되면 저처럼 푹 빠져 버리게 될
겁니다. 당신이 예정보다 비싼 출연료를 받았다고 하는데,
오히려 부족함이 있습니다. 아니, 엄청 부족합니다."

마이클은 자신감에 찬 어조로 말했다. 조금 과장된 표현을 썼지만 자신감이 넘치고 확신을 하며 말해 건우의 기분을 꽤 좋게 만들어주었다.

출연료 협상은 꽤나 치열했지만 좋게 마무리되었다고 한다.

건우는 영화에 출연하지 않더라도 그냥 음악 활동을 하면 되는 일이었고 UAA는 전력으로 밀어줄 준비가 되어 있었다. 성사된 출연료는 80억대였다. 한중 합작 영화에서 왔던 제의보다 조금 높았다. 에이전트는 총수익의 10% 정도를 수수료로 받고 있었다.

현재 모든 합의가 완료되어 최종 계약서에 사인만을 남겨둔 상태였다.

라인 브라더스 픽처스로 이동했다. 거대한 스튜디오는 관광명소로도 유명했다.

영화 세트장에는 관심이 없었지만 이 정도로 규모가 크면 없던 관심도 생길 수밖에 없었다.

'영화 공장… 그 말에 딱 어울려.'

세계인들을 울고 웃게 만드는 수많은 영화가 탄생하는 공장이 건우의 눈앞에 펼쳐져 있었다.

일단 관광은 나중으로 미루고 라인 브라더스 제작 사무실로 향했다.

입구에서부터 대작 영화의 소품들이 전시되어 있었다. '마법사 안리'의 복장이 가장 눈에 띄었다. 그리고 라인 브라더스의 역대 영화 포스터들이 벽에 붙어 있었다.

마이클과 함께 미리 도착해 있던 UAA의 변호사를 대동하여 사무실 안으로 들어갔다.

첫 만남에서 결코 얕보여서는 안 된다.

건우는 흥분된 마음을 가라앉히며 여유로운 표정이 되었다.

많은 대화가 오갔지만 실제로 만나는 건 처음이었다. 건우는 은은하게 기세를 끌어 올리며 떠올라 있는 미소를 지웠다.

마이클이 건우의 변화에 깜짝 놀라며 건우를 바라보았다. 거물급 스타들을 수없이 만나본 그였지만 왜인지 자신이 초라해지는 것 같은 기분이었다.

안으로 들어가니 제법 많은 이들이 있었다. 딱딱한 분위기일 것 같았지만 복장은 캐주얼했다. 복장에서부터 자유분방함을 느낄 수 있었다.

"반갑습니다. 라인 브라더스 픽처스 수석 부사장 존 리입니다."

"환대 감사합니다. 이건우입니다."

날렵한 인상의 아시아계 미국인이었다. 존이 먼저 악수를 청해오자 건우는 그의 손을 잡았다. 건우가 사무실에 들어오니 사무실이 꽉 찬 것 같은 착각이 일었다.

존은 건우를 휘감는 어떤 아우라를 느꼈다. 인간이 아닌 더 높은 존재를 대하는 것 같은 기분이었다. 오래 전부터 잊고 살았던 긴장이 떠올랐다.

방 안에는 총괄 프로듀서 숀 필립, 그리고 이번 영화의 감독을 맡고 있는 크리스틴 잭슨까지 와 있었다. 이례적이라면 이례적인 일이었다.

크리스틴 잭슨 감독은 건우에게서 눈을 떼지 못했다. 뚫어져라 바라보다가 무례를 깨닫고는 손의 땀을 닦고 나서 건우에게 악수를 청했다.

"기다리고 있었습니다. 크리스틴 잭슨입니다."

"반갑습니다. 감독님 영화를 모두 보았습니다. 정말 팬입니다."

크리스틴 잭슨 감독의 첫인상은 산타클로스를 닮았다는 것이었다. 짙은 갈색의 덥수룩한 턱수염을 기르고 있었고 몸도 오뚝이를 보는 것 같은 체형이었다. 사람이 참 좋아 보이는 미소를 짓고 있었다.

계약서에 사인을 하기 전에 조금은 좁게 느껴지는 테이블에 둘러 앉아 이야기를 나눴다.

건우는 기세를 풀고 편안한 분위기를 만들었다.

'이렇게 한자리에 모일 기회는 흔치 않겠지. 좋은 인상을 심어줘야겠군.'

프로듀서, 감독 그리고 수석 부사장이 한자리에 모이는 일은 큰 회의가 아니고서는 좀처럼 볼 수 없는 광경이었다.

건우는 자신에 대한 좋은 인상을 심어주고 싶었다.

배우 민의 할리우드 고생담은 유명했다.

영화 촬영지에서 대기만 하다가 돌아간 날들이 많았고 배우들도 자신을 따돌려서 미국 매니저에게 한탄까지 했었다고 한다.

아시아인이라는 이유로 인종차별적인 무시를 받았다고 한다.

여러모로 마음고생이 심해, B급 졸작 영화만을 남기고 한국에 돌아올 수밖에 없었다.

건우의 경우는 상황이 완전 달랐지만 어쨌든 점수를 따놓아도 손해될 것은 전혀 없었다.

"환영합니다. 이건우 씨. 우리 한번 전설을 만들어 봅시다."

"감사합니다."

건우는 계약서에 사인을 하고 존 리와 다시 악수했다. 세부 내용은 협의한 대로였다.

구체적인 촬영 스케줄은 다시 정하는 중이었다. 제작비도 늘어나 감독의 의도대로 각본 작업도 다시 하고 있었다.

다른 배우들처럼 건우도 스튜디오에 있는 액션 센터에서 트레이닝을 받을 예정이었다.

'액션 훈련, 검술과 몸만들기인가.'

단 한 장면을 위한 일이기는 하지만, 크리스틴 잭슨 감독은 요정왕이야말로 완벽해야 한다고 말해주었다.

제작비 확충으로 요정왕의 비중이 더 늘어날 예정이라 한다.

주연보다는 비중이 떨어졌지만 충분히 주연급으로 볼 수 있었다.

할리우드에서의 첫 영화치고는 대단히 성공적인 스타트였다.

계약이 끝나고 앞으로의 일정에 대해 이야기하고 밖으로 나왔다.

일정 관리는 매니저가 해줄 것이니 건우는 대략적인 큰 틀만 알아두면 되었다.

호텔로 돌아가려는데, 크리스틴 잭슨 감독이 다가왔다. 조금 수줍어 보이는 몸짓이었다.

명성이 높은 감독이라는 이미지가 있었는데, 친근한 동네 삼촌 느낌이 났다.

석준이 가장 좋아하는 감독이었고, 건우도 그의 작품을

꽤 많이 보았기에 나름 존경하는 부분도 있었다.

그의 작품을 보면 그가 어째서 '골든 시크릿'을 연출하게 되었는지 절실하게 느낄 수 있었다.

"시간 괜찮으시면 세트장 구경을 하실래요?"

"세트장이요?"

"네, 계획이 미뤄지면서 지금은 공사가 중단된 상태이지요. 곧 다시 공사가 시작될 겁니다. 아! 일단 완공된 것이 있습니다."

대규모 야외 세트장은 뉴질랜드 쪽에 지을 예정이라 한다.

총 3부작 기획 중 1편은 이곳과 뉴질랜드 쪽에서 나눠 찍고 나머지는 모두 뉴질랜드에서 작업을 할 예정이었다.

아무튼 감독이 직접 안내해 주는 건 흔한 일이 아니었다. 친분을 다질 수 있는 아주 좋은 기회였다.

마이클은 먼저 가기로 하고 건우는 크리스틴 잭슨 감독의 성의를 흔쾌히 받아들였다.

라인 브라더스 투어가 관광 명소로 있을 정도로 규모가 컸다.

현재 세트 공사 중인 지역은 영화 관계자가 아니고서는 출입할 수 없었다. 걸어가기에는 무리가 있어서 골프장에서 쓸 법한 카트를 타고 갔는데, 크리스틴 잭슨 감독이 직접 운전했다.

건우를 바라보는 크리스틴 잭슨 감독의 눈빛이 유난히 반짝였다. 마치 미지와 조우한 연구자 같은 느낌이었다. 기분이 나쁠 수도 있지만 호의가 깔려 있어 조금 부담스러울 뿐이었다.

"건우 씨는 저에게 아주 많은 영감을 불어넣어 주었습니다! 제가 건우 씨를 처음 보고 무슨 생각을 했는지 아세요? 와우! 진짜 엘프가 차원 게이트를 넘어서 지구에 도착했구나!"

"아… 네."

"아, 죄송해요. 제가 말이 좀 많은가요?"

"아니요. 괜찮습니다. 감독님. 오늘 와주셔서 감사합니다."

"당연히 와야지요! 요정왕이 오시는데 말이죠!"

열정이 느껴져 보기 좋았다.

건우로서는 조금 알아들을 수 없는 말도 있었지만 어쨌든 영화를 정말 사랑하는 사람으로 보였다. 그리고 크리스틴 잭슨 감독이 '골든 시크릿'을 정말 좋아한다는 것을 알게 되었다.

흔히 말하는 마니아 수준이었다.

'재미있네.'

건우는 드라마 촬영만 해 영화 감독을 만날 기회는 많지 않았지만 이보다 더 특이한 감독은 없을 것 같다는 생각이 들었다.

그리고 그는 유쾌하고 자유분방했다. 감독의 지위에 있었지만 권위적이지 않고 수평적으로 건우를 대한다고 느껴졌다.

물론 촬영에 들어가고 나서는 다를 테지만 적어도 평소의 모습은 저런 것 같았다.

"그 마지막 장면 진짜 멋지지 않나요?"

"네, 벼락 마법이 상당히 인상적이었죠."

"오! 역시 그럴 줄 알았습니다. 뭔가 우린 통하는 게 있네요."

크리스틴 잭슨 감독은 건우가 관심을 보이며 맞장구를 쳐주자 대단히 좋아했다.

부쩍 가까워진 느낌이 든 이후로는 아예 일일 가이드가 되어 주었다.

"저기가 바로 '마법사 안리'가 살았던 동네입니다. 저 나무에서 그 명장면이 탄생했죠! 아브라카타브라!"

"저주 마법인가? 맞죠?"

"네! 필살의 마법이죠!"

건우는 감탄했다. 동네 하나를 통째로 가져다 놓았다. 거대한 땅에 각종 세트들이 모두 세워져 있는 것이다. 영화 속에서 봤던 장면들이 저절로 머릿속에 떠올랐다.

"감독님."

"그냥 크리스라 부르세요."

"크리스요?"

"네, 제 애칭이죠."

"크리스, 저도 그냥 편하게 대해주세요. 저도 그게 편합니다."

"오! 그래도 되나?"

한국이었다면 감독의 이름을 선뜻 부르기 어려웠을 것이다.

그는 건우보다 스무 살이나 더 많았다. 그러나 왠지 영어로 하니 거리낌이 없었다. 언어에는 그 나라의 문화도 포함된다는 말이 떠올랐다.

"크리스, 사진 좀 찍고 가도 되나요?"

"같이 찍을까?"

"저야 영광이죠."

"나도 영광이지!"

카트가 멈춰 섰다.

건우와 크리스틴 잭슨 감독은 조금은 기괴하게 느껴지는 나무 앞에 섰다.

건우가 핸드폰을 꺼내자 그는 유쾌하게 웃으며 엄지를 치켜들었다. 건우도 씨익 웃고는 그를 따라 엄지를 치켜들었다.

그때 마침 라인 브라더스 투어를 하는 차량이 지나가다가 멈췄다. 놀이공원에서나 탈 법한 열차 형식의 차량이었는데, 관광객들로 가득 차 있었다.

"잠시 멈췄다 가겠습니다. 여기가 '마법사 안리'……."

맨 앞줄에서 확성기를 들고 있던 가이드가 크리스틴 잭슨 감독을 발견하고는 잠시 말을 멈췄다.

"크리스틴 잭슨 감독님?"

"와! 진짜다!'

"오오!"

가이드가 크리스틴 잭슨 감독의 이름을 부르자 모두 흥분하며 일제히 사진기를 꺼냈다.

찰칵찰칵!

관광객들이 포즈를 잡고 있던 건우와 크리스틴 잭슨 감독을 마구 찍었다.

크리스틴 잭슨 감독은 흐뭇한 미소를 지으면서 손을 흔들어 주었다. 관광객들과 사진을 찍는 등, 팬 서비스 또한 해주었다.

"근데 저 남자는?"

"너무 잘생겼는데? 와……."

"아! 나 알 것 같아! 여기 봐봐!"

건우는 뒤에 서 있다가 관광객들에게 둘러싸였다. 주로 여성 관광객들이었다. 건우를 알아보지 못한 이들도 많았지만 건우의 모습에 빠져 사진 요청이 밀려들었다. 어느 순간 크리스틴 잭슨 감독이 뒤로 밀려나 버렸다.

"저기요, 저도 있는데요?"

크리스틴 잭슨 감독의 처량한 목소리가 작게 울려 퍼졌다.

관광객들은 그런 잭슨 감독의 목소리를 듣지 못했다.

"1위 가수! 맞죠?"

"이제부터 팬 할게요."

"사인 좀요!"

건우가 살짝 웃으면서 사진 촬영과 사인을 해주었다.

건우는 어색하게 서 있던 크리스틴 잭슨 감독과 다시 이동했는데, 관광객들은 떠나는 건우의 모습을 한참 동안 바라보았다.

크리스틴 잭슨 감독은 조금 시무룩해 있었다.

"나도 왕년에는 인기가 많았지."

"그렇군요."

"그렇지."

"인정합니다."

건우가 웃으며 대답하자 그가 씨익 웃었다.

그들은 관광객들이 출입할 수 없는 지역에 이르렀다. 거대한, 마치 성을 보는 것 같은 블록 모양의 건물들이 들어서 있었다. 무수한 영화들이 탄생한 곳이었다.

가장 최근에 지어진 스테이지 G—3이라고 적혀 있는 건물 앞에 도착했다.

"엄청 크네요."

밖에서 보면 도대체 안에 어떤 것들이 있는지 감이 잡히지 않았다.

건우의 말에 살짝 웃은 크리스틴 잭슨 감독은 건물 앞에서 건우를 돌아보며 양팔을 펼쳤다.

"웰컴 투 더 할리우드."

그 모습이 꽤 멋졌다. 크리스틴 잭슨 감독을 따라 안으로 들어섰다.

여러 구역으로 나눠져 있었는데 거대한 소품실 및 분장실, 사무실이 보였다.

공사가 중단되어 상주하고 있는 스태프들의 숫자는 적었다.

크리스틴 잭슨 감독을 따라가 보니 거대한 세트장이 모습을 드러냈다. 실제 같은 나무와 바위가 보였고 그 중심에 아름다운 건물의 내부가 있었다. 판타지적인 느낌이 아주 강했다. 바닥은 얼굴이 비춰 보일 정도로 매끄러웠고 조각상들이 세워져 있었다.

'궁전인가?'

보석으로 치장된 왕좌가 보였다. 아직 완성되지 않은 부분도 보였지만 큰 흠은 아니었다.

CG로 덮어질 부분도 있다고 생각하면 어색한 부분은 없었다.

그야말로 판타지 세계 안에 들어와 있는 것 같았다.

건우는 조악한 드라마 세트장만 보다가 이런 광경을 접하니 절로 감탄이 나왔다. 이런 곳에서 연기를 한다면 몰입이 잘될 게 분명했다.

"어디인지 알 것 같아?"

"네, 왕궁 엘븐스. 아닌가요?"

"맞아! 중간계의 운명을 결정지을 회의도 하고, 여기서 요정왕이 오크 대장의 목을 날려 버리기도 하지."

크리스틴 잭슨 감독은 직접 검을 든 것처럼 휘둘렀다. 건우도 소설 속에서 본 장면이라 이해할 수 있었다.

그는 어떤 식으로 연출할지 이미 다 생각해 놓은 것 같았다.

건우가 슬쩍 묻자 크리스틴 잭슨 감독은 자신이 생각한 연출을 설명해 주었다.

건우가 떠올려 본 광경과는 다소 차이가 있었다. 연출가와 무도가의 차이인지도 몰랐다.

"음, 기왕 온 거 가볍게 한번 연기해 볼래? 나도 직접 보고 싶어서."

"그럴까요?"

"오케이! 따라와!"

크리스틴 잭슨 감독은 건우를 이끌고 소품실로 갔다. 소품실은 한국 드라마 소품실 같은 창고 분위기가 아니었다. 사무실 같은 분위기를 풍겼는데, 소품 제작도 이루어지고 있었다.

무엇을 상상하든 그 이상의 규모를 보여주었다. 건우는 주변을 둘러보면서 가느라 조금 늦게 크리스틴 감독의 뒤를 따라갔다.

지금은 소품을 관리하는 소수의 스태프만 있었는데, 크리스틴 잭슨 감독을 보자 반갑게 인사했다.

"필, 요정왕 3번 복장은?"

"아… 그거 다시 만든다고 해서 옮겨놨는데요?"

"가지고 올 수 있지?"

"네, 보스. 당연하죠. 근데, 조금 힘들긴 한데……."

"커피 한 잔 사줄게."

"굿 딜!"

잠시 후 필이 큰 상자를 하나 카트에 실어서 가지고 왔다.

"이건 뭐 하러… 아! 이분이?"

"반갑습니다."

"노래 잘 듣고 있어요."

건우는 뒤늦게 자신을 발견한 필과 인사를 나눴다. 가볍게 연기를 해보라는 취지였는데, 복장까지 챙겨 입게 생겼다.

화려한 복장이었다. 하얀색 옷에 금색 자수가 수놓아져 있었다.

가시나무를 그린 것 같은 모습이었다. 팔과 가슴에는 갑옷을 덧대어 입을 수 있었고, 황금빛으로 일렁이는 왕관이 있었다. 필이 어디론가 뛰어가더니 날렵하고 긴 검을 가지고 왔다.

본래 요정왕을 맡았던 배우의 사이즈였지만 건우에게도 얼추 맞을 것 같았다. 건우는 크리스틴 잭슨 감독을 바라보았다.

"가볍게 해보는 거 아닙니까?"

"라인 브라더스 특별 투어라고 생각해 줘. 출연 계약 기념으로! 샘플 사진이 필요하기도 하고."

건우는 고개를 끄덕이고 복장을 입었다. 필이 옆에서 도와줬다. 다 입고 검까지 차니 크리스틴 잭슨과 필이 감탄하며 박수까지 쳤다.

"분장도 안 했는데 이 정도라니… 흑발의 요정왕도 매혹적인데?"

"이거… 예상은 했지만 코믹북, 아니, 그 스톤 브러쉬 원화보다 훨씬 낫네요. 미술감독님에게 보여주면 기절할 것 같은데요?"

"아티스트들에게는 충격적인 비주얼이겠어."

크리스틴 잭슨 감독은 감동한 듯 한동안 건우에게서 눈을 떼지 못했다.

그가 상상했던 요정왕, 아니, 그것을 초월한 이상형이 눈앞에 펼쳐져 있었기 때문이다.

바람에 날려 살짝 부스스해진 머리도 치명적으로 잘 어울렸다.

원래대로라면 긴 금발을 지니고 있어야 했지만 지금 이 상태도 괜찮았다.

기존 요정왕의 이미지와는 다른 매력이 존재했다.

복장은 오로지 건우를 위한 것이었다. 화려한 복장이 빛을 발하지 못하고 있었다. 오히려 건우가 입으니 평범해 보였다.

크리스틴 잭슨 감독은 건우의 복장을 살펴보며 필에게 이런저런 것들을 주문했다.

건우는 크리스틴 잭슨 감독이 세세한 디테일까지 신경 쓰는 것을 보자, 괜히 최고의 감독 중 하나가 아니라는 생각이 들었다.

다시 세트장으로 이동했다. 철컥거리는 갑옷의 울림이 기분 좋게 다가왔다. 검 손잡이의 감촉은 옛 기억을 불러일으켜 주었다.

건우는 연기와 노래를 하고 있지만 천생 무인이기도 했다.

크리스틴 잭슨 감독, 필뿐만 아니라 근방에 있던 다른 스태프들도 몰려왔다. 크리스틴 잭슨 감독은 자신의 스마트폰을 꺼내들었다.

"오, 딱 내가 원하던 그림이야. 좋네, 좋아!"

단순히 흥미나 샘플 촬영 때문에 입어보라고 한 것은 아닌 것 같았다.

건우가 알지 못하는 꿍꿍이를 지니고 있는 크리스틴 잭슨 감독이었다.

'예전에는 검 없이 지낸 적이 거의 없었는데…….'

지금은 검을 잡지 않는 것이 너무나 당연했다.

건우는 오랜만에 잡아보는 검이 마음에 들었다. 어설픈 플라스틱 소품이 아니라 날이 없기는 하지만 꽤 잘 만들어진 가검이었다.

물론 진검에 비할 바는 아니었다. 그러나 건우는 이 정도의 검으로도 크게 만족했다.

"잠깐 휘둘러 봐도 될까요? 기분 좀 내보게."

"아! 드라마에서 직접 액션 연기를 했다고 했지? 오디션 테이프에서도 인상적이긴 했어."

오랜만에 검을 잡으니 살짝 흥분되고 신이 났다. 서양식 검이기는 하지만 건우는 검의 종류에 구애받지 않았다.

'제대로 해볼까.'

크리스틴 잭슨 감독에게 어필하는 의미에서 멋진 모습을 보이고 싶기도 했다.

어찌 보면 이런 기회가 찾아온 것이 크나큰 행운이었다.

인맥은 힘이 되니 말이다.

아직 영화가 어떻게 만들어지는지 감이 잡히지 않았지만 할리우드 명장 크리스틴 잭슨 감독의 연출에 영향을 줄 수 있을지도 몰랐다.

스릉!

건우는 가볍게 검을 잡고 휘둘러 보았다.

엘프는 인간의 몇 배나 민첩하다는 설정이니 동양적인 검술과도 제법 잘 어울렸다.

살짝 먼지가 쌓인 바닥 위에 섰다. 왕좌로 향하는 계단이 있는 곳에서 검을 들었다.

"조금 위험할 수도 있으니 뒤로 조금만……."

"이쯤?"

"네, 됐어요."

상처 입힐 일은 없었지만 예기에 놀라 넘어질 수도 있었다. 크리스틴 잭슨 감독은 흥미진진한 표정이었지만 필과 다른 스태프들은 조금 시큰둥한 표정이었다. 그러나 건우가 미소를 지우며 검을 천천히 들자 그 표정이 순식간에 굳어버렸다.

거대한 세트를 내리눌러 버릴 듯한 위압감이 공기를 아주 무겁게 만들었다. 건우를 중심으로 은은한 살기가 퍼져 나가자 크리스틴 잭슨 감독과 다른 스태프들은 숨이 턱 막히는 것을 느꼈다.

처음 느껴보는 살기는 그들에게 큰 충격을 주었다. 천천히 자세를 잡고 있는 건우에게 압도당했고, 두렵다는 감정이 솟아났다.

왕의 카리스마가 주변을 지배하고 있다고 표현해도 과언이 아니었다.

건우는 그가 해석한 요정왕을 연기하며 검을 휘두르기 시작했다.

그가 알고 있는 화려한 검술은 많았지만 건우는 선이 굵은 검술을 펼쳤다. 요정왕 자체가 화려했으니 직선적인 검술과 잘 어울렸다.

휘익! 스릉!

배역에 몰입하며 검을 휘두르는 것은 처음이었다. 자신이 좋아하는 두 가지의 행위를 한꺼번에 하니 말로는 형용할 수 없는 감동이 일었다. 그러나 그 감동을 억제했다. 몰입에서 깨어나고 싶지 않았다.

자신은 지금 철저히 요정왕이어야만 했다.

'마음으로 수련을 하곤 했지.'

적의 허상을 만들어 수련을 하곤 했다. 그것이 지금껏 쌓아온 연기, 그리고 공명의 힘과 좋은 시너지 효과를 냈다.

건우는 눈을 감았다.

소설 속에서 등장하는 오크를 떠올리고는 도끼를 쓰던 무림인의 움직임을 덧입혀 보았다.

체격이 인간보다 크고 거대한 도끼를 휘두르는 산적과도 같은 오크가 이미지 되었다.

오크의 모습은 제멋대로 상상한 것이지만 그럭저럭 잘 어울렸다.

본격적으로 검을 휘둘렀다. 건우의 움직임이 빨라졌다. 다가오는 오크의 도끼를 가볍게 피하며 검을 휘둘렀다. 오크의 상체가 일격에 갈리는 순간 그대로 몸을 회전하며 달려오는 다른 오크의 가슴에 검을 박아 넣었다. 그리고 순식간에 뒤로 돌아 사선으로 검을 그었다.

쿵!

작업 도구를 들고 있던 스태프가 멍한 표정으로 작업 도구를 바닥에 떨어뜨렸다. 크리스틴 잭슨 감독도 입을 벌리며 건우를 바라보았다. 다행히 핸드폰에 녹화 버튼을 눌러놓아 건우의 모습이 녹화되고 있었다.

'아……!'

크리스틴 잭슨 감독은 건우에게서 눈을 떼지 못했다. 검이 마치 자신마저 베어버릴 것 같은 느낌이 들었고 실제로 겁이 났다.

그러나 새로운 세계를 깨달은 쾌감이 더욱 강렬했다. 영화를 연출하며 많은 스턴트 액션, 그리고 무술들을 보았지만 이런 충격적인 광경은 처음이었다.

침을 꿀꺽 삼켰다. 그의 눈에 건우와 싸우고 있는 무언가가 보이는 것 같았다. 아니, 실제로 보이지는 않지만 느껴졌다.

요정왕 헬멘스가 오크를 압도적인 무력으로 베어버리고 있는 광경이 펼쳐지고 있었다.

영화 속 한 장면, 아니, 말로 표현할 수 없는 장면이었다. 액션이 주는 쾌감, 그것 때문에 액션 영화는 사랑을 받는다. 그러나 눈앞의 모습은 그러한 쾌감을 넘는 예술이었다. 이러한 장면을 담기 위해, 만들기 위해 영화를 만들어왔는지도 몰랐다.

크리스틴 잭슨 감독은 주먹을 불끈 쥐며 건우에게서 결코 눈을 떼지 않았다.

그런 그의 마음을 아는지 모르는지 건우는 거의 무아지경에 가깝게 검을 휘둘렀다.

인간의 수준에서 몸을 움직였지만 일반인들의 눈에는 대단히 빠르고 위력적으로 보였다.

"흐읍!"

건우는 마지막 오크를 올려 베고는 공중에 있는 오크를 그대로 내려찍었다.

띠잉!

검이 바닥에 박히며 마구 흔들렸다. 약간의 내력이 흐르고 있어 바닥을 뚫고 박혀 버렸다. 건우는 검을 보며 아차 싶었다.

'과몰입 습관을 고쳐야 하는데.'

그것만큼은 잘 고쳐지지 않았다.

건우는 바닥에 박힌 검을 빼고는 살짝 한숨을 내쉬었다. 고개를 들어보니 멍하니 자신을 바라보고 있는 크리스틴 잭슨 감독과 스태프들이 보였다. 모두 벌어진 입을 다물지 못하고 마치 시간이 정지된 것처럼 한동안 그렇게 멍하니 서 있었다.

건우가 어색한 미소를 짓자 모두 현실로 돌아왔다.

크리스틴 잭슨 감독이 허겁지겁 핸드폰을 주머니에 넣고 박수를 쳤다.

짝짝짝짝!

주위에 있던 스태프들도 박수를 쳤다. 경악과 감탄이 공존하는 표정이었다.

할리우드에서 이렇게 박수를 받게 될 줄은 몰랐지만 기분은 좋았다.

"감사합니다."

건우는 조금은 과장된 몸짓으로 우아하게 인사를 했다.

크리스틴 잭슨 감독이 잔뜩 흥분한 얼굴로 다가오려다가 움찔했다.

"이제 안 위험하지?"

"네."

"브라보! 대단해! 정말 대단해!"

크리스틴 잭슨 감독의 눈에서 광채가 나오는 것 같았다. 건우는 그 시선이 부담스럽게 느껴졌다.

"어떻게 수련한 거지? 어떤 검술이야? 마지막에 휘리릭하고……."

크리스틴 잭슨 감독의 질문이 계속 이어졌다. 건우는 적당히 둘러댔다.

크리스틴 잭슨 감독은 당장 액션 파트를 재검토해 봐야겠다고 난리였다. 좀 더 보여달라고 부탁해 왔는데, 아예 날짜를 잡아 다른 장소에서 하기로 했다.

건우는 예전에 찍었던 드라마를 떠올리며 별것 아니라고 생각했지만 크리스틴 잭슨 감독은 그렇게 생각하지 않았다. 연출적인 한계를 극복하게 해주었고, 새로운 세계를 그릴 수 있는 가능성을 보여주었기 때문이다.

"아, 세트장 바닥이……."

"괜찮아. 이런 것쯤은 아무것도 아니야. 그보다……."

크리스틴 잭슨 감독은 자신이 생각하고 있는 장면을 건우에게 말해주었다. 적당히 맞춰주는 것이 편했지만 열정으로 반짝이는 눈동자를 보니 그럴 수 없었다. 건우는 직접 연기까지 하며 크리스틴 잭슨 감독과 진지하게 이야기했다. 만난 지 하루도 되지 않았지만 건우의 친화력 때문에 급속도로 친해졌다.

가볍게 세트 구경을 하려고 왔지만 상당히 오랫동안 진지하게 이야기를 했다.

"건우, 너와 만난 건 행운인 것 같아."

"그런 행운, 인생에서 몇 번 없죠."

"하하하! 그래, 그래!"

결국 크리스틴 잭슨 감독과 맥주까지 한잔하고 나서야 호텔로 돌아올 수 있었다. 건우는 출발이 제법 좋다고 생각했다. 잘될 것 같은 예감이 들었다.

해외에 가면 겪는 것이 바로 인종차별이었다.

아직까지는 특별히 인종차별이나 무시 같은 것은 전혀 느끼지 못했다. 오히려 상당히 친절한 것 같은 느낌이 들었다.

'다들 친절한데?'

누구의 눈에도 건우는 차별의 대상으로 보이지 않았다. 자신의 인종이 우위라고 생각하기에는 건우가 그걸 가볍게 초월할 정도로 잘났다.

차별이라는 것을 해봤자 열등감밖에 들지 않을 것이다.

6. 존재감

건우는 미국 활동을 시작했다. 활동이라고 해도 초청 공연과 라디오 출연 정도가 전부였다. 제의는 많았지만 시간을 많이 잡아먹는 것들은 모두 거절했다.

　연일 신기록을 경신해 나가고 있지만 TV 쇼나 기타 프로그램에서 요구하는 모습은 동양에서 온 신비한 남자, 혹은 벼락스타, 로또 맞은 아시아인 같은 내용이었다. 위에서 아래를 내려다보는 느낌이었다. 건우가 순수하게 실력으로 만들어낸 노래를 단지 우연으로 치부하는 분위기도 있었다.

　건우는 그런 것에 어울려 주고 싶지 않았다. 자신의 품격을 떨어뜨리는 내용에는 호응하기 싫었다. 그것은 자신을 위한 일이기도 했고 YS의 가족들, 더 나아가 미래에 진출할 한국 배우나 가수들을 위한 일이기도 했다. 물론 건우의 개인적인 생각이었다.

어쨌든 영화 계약을 했으니, 영화에 집중해야 했다.

영화는 스케줄이 빠르게 잡혀 3개월 후부터 촬영에 들어간다고 한다. 더 급하게 할 수도 있었지만 투자 규모가 늘어난 만큼 각본에 수정이 있었다.

건우는 중간에 합류했기 때문에 다른 배우들과의 면식이 없었다. 개인적으로 소개받는 자리를 가지고 싶기도 했지만 모두 쟁쟁한 할리우드 스타들이니 그런 자리를 갖는 것은 힘들었다. 대신 라인 브라더스가 소유한 트레이닝 센터에서 훈련을 하고 있는 주연배우들과 만날 기회가 생겼다.

배우들은 영화가 연기되며 잠시 멈췄었던 훈련을 다시 하고 있었다.

스턴트 코디네이터가 크리스틴 잭슨이 찍은 건우의 동영상을 보고 감동을 받아 다음 날 바로 건우를 초대한 일이 있었다. 할리우드에서 홍콩 무술 감독이 종종 액션신을 연출하기는 하지만 보통 미국에서는 스턴트 코디네이터가 무술감독 및 지도를 겸하고 있었다.

건우가 만난 스턴트 코디네이터는 체격이 좋은 백인이었

는데 이쪽 바닥에서는 상당히 유명한 인물이었다. 특수부대 출신으로 동서양 무술을 섭렵한 무술 전문가일 뿐만 아니라 총기류, 나이프 무술까지 경지에 오른 인물이었다.

그러나 건우가 보기에는 많이 어설펐다.

─조나단? 그 사람 진짜 까다로웠어.

"굉장히 친절하던데."

─그래? 근데 그건 너니까 그런 게 아닐까?

제인의 웃음소리가 들렸다.

건우는 제인과 통화를 하고 있었다. 건우가 미국에 온 걸 알자마자 먼저 전화를 걸어왔다. 지금은 마이애미에 있다고 하는데, 금방이라도 날아올 기세였다.

─아, 그… 거기 배우들 분위기가 조금 안 좋을 수도 있어.

"그래?"

─혹시 괴롭히는 놈들 있으면 말해! 내가 다 없애줄게!

"고마워."

제인의 그런 말이 고마웠다.

그간 기억을 떠올려 보면 낯선 타지에서는 고생한 기억밖에 없었다. 그러나 이번 생은 달랐다.

'오랑캐라고 무시당했던 것만 떠오르네.'

대놓고 손가락질 받으면서 무시당하는 일은 부지기수였다.

인종차별이라는 하찮은 것에 흔들릴 만한 건우가 아니었다. 만약 자신에게 도전을 해온다면 박살 내줄 의향이 있었다.

건우는 호텔에서 나와 트레이닝 센터로 향했다.

지금은 호텔에서 머물고 있지만 촬영 일정에 따라서 집을 대여할 예정이었다. 건우로서는 미국에 길게 있을 생각은 없어서 그냥 호텔에 머물러도 상관없었다. 때문에 그 문제에 대해서는 깊게 생각하지 않고 있었다.

매니저가 트레이닝 센터로 데려다 주었다. 정식 명칭은 '라인 월드 트레이닝 센터'였는데 각종 운동을 위한 시설, 스튜디오, 촬영실 등을 갖춘 굉장히 큰 규모의 시설이었다.

건우는 시스템적으로 아주 잘 짜여 있다고 생각했다. 괜히 할리우드, 할리우드 하는 것이 아니었다. 한국 영화 시장의 수준이 떨어진다는 것은 아니었다. 하지만 적어도 제작 환경만큼은 미국이 더 대단한 것 같았다.

주차장에는 보는 것만으로도 감탄이 나오는 고급 차량들이 세워져 있었다. 값이 억대에 이르는 차량은 기본이고 영화에서나 나올 법한 스포츠카도 있었다. 주변의 누구도 그걸 신기하게 바라보지는 않았다.

이곳에서는 당연한 광경이었다.

매니저가 시간에 맞춰 데리러 온다고 말해주었다.

매니저는 30대 중반의 남자였는데, 굉장히 젠틀했다. 그는 건우의 스케줄을 꼼꼼하게 챙겨주었기에 건우는 그가 꽤 좋은 사람처럼 느껴졌다. 이쪽 일에서 산전수전을 다 겪었기 때문인지 건우에게 도움이 될 만한 말을 많이 해주기도 했다.

건물 안으로 들어갔다. 건우는 약속 시간보다 일찍 가는 편이었다. 트레이닝 센터는 일반인은 들어올 수 없는 곳이었다. 와이어 액션이나 고난도 스턴트 액션을 연습할 수 있는 곳도 있었고, 한국의 헬스장처럼 운동을 할 수 있는 곳도 있었다.

안으로 들어가서 제일 먼저 보이는 건 여기서 훈련을 받은 대스타들의 사인과 사진이었다.

'대룡이네.'

백인, 흑인 배우들과 함께 엄지를 치켜들고 있는 대룡의 사진이 보였다. 대룡은 나이가 50이 넘기는 했지만 여전히 현역이었다. 과거에는 정통적인 무술 연기를 했지만 지금은 코믹성이 부각된 액션 영화를 찍었다.

한국에서도 인기가 많았다. 동양인은 무술을 잘한다는 이미지에 아주 큰 영향을 준 배우였다. 미국 이름은 이안 리였다.

'관광객을 받아도 괜찮겠는걸?'

할리우드 영화의 무술 발전사들을 한눈에 볼 수 있었다. 건우는 몰랐지만, 가끔씩 이 트레이닝 센터가 라인 브라더스 투어에 공개되기도 한다고 한다. 투어 일정은 일 년에 몇 번 없기에 희소성이 있었다.

액션 영화를 좋아하는 사람이라면 꼭 구경하고 싶은 곳이 바로 이 라인 월드 트레이닝 센터였다.

"건우, 일찍 왔군요."

건장한 사내가 다가왔다. 가벼운 차림이었는데 체격이 무척이나 좋았다.

"아, 조나단. 안녕하세요?"

조나단은 이번 '골든 시크릿'의 스턴트팀을 이끌고 있었다. 조금은 생소한 단어인 스턴트 코디네이터라고 불리기도 했다. 무술감독이라 불러도 무방했다. 누구나 들어본 대작의 액션 연출에 참여한, 눈부신 경력을 가지고 있었다.

맡은 분야에서는 완벽주의자였는데, 배우의 무술 지도를 할 때 그 성격이 두드러졌다. 이 분야는 초심자가 잘못 배웠다가는 부상으로 이어질 수도 있었기에 더욱 깐깐하게 지도했다.

조나단의 눈빛에는 건우에 대한 존경과 경외가 담겨 있었다.

"할 일도 없고 해서 일찍 왔어요."

"오, 역시 성실하시군요."

건우는 크리스틴 잭슨 감독의 요청으로 그와 그의 스턴트 팀 앞에서 검술 시범을 보였었다. 괜한 일이 된 것 같았지만 이번 영화를 위한 일이니 좋게 생각했다.

크리스틴 잭슨 감독의 요청을 받아 얼떨결에 무술 자문으로서의 역할도 하게 되었다. 출연료와 별개로 따로 돈도 나오고 엔딩 크레디트가 올라갈 때 한 번 더 언급될 예정이었다.

건우는 무술에 대해서는 누구보다도 뛰어났지만, 영화에 쓰이는 무술에 대해서는 잘 몰랐다. 실전 무술과 보기 좋은 연출용 무술은 분명한 차이가 있었다. 그것의 전문가는 조나단, 그리고 크리스틴 잭슨 감독이었다.

A 스테이지라고 써져 있는 곳 안으로 들어가니 여러 운동 기구와 함께 와이어 장비도 보였다. 스턴트 팀원들도 막 도착해 있었는데, 건우를 보자마자 반갑게 인사했다.

건우는 가벼운 옷차림으로 갈아입기 위해 탈의실로 들어갔다. 실내는 온도가 일정하게 조절되고 있어 운동하기에 딱 좋았다.

웃통을 벗고 거울을 바라보았다. 머리가 제법 길게 자라 있었다. 노래 활동을 할 때는 살짝 다듬었을 뿐이었고, 그 이후에는 배역을 위해 자르지 않았다. 아마 금발로 탈색하고 분장을 할 것 같았다.

'조금은 변했나?'

배역에 대한 연구를 계속하고 있기 때문인지 표정이 조금은 날카로웠다.

"몸 만드는 건 역시 필요 없겠네요. 대단합니다. 평소에 어떤 운동을 하시길래……."

"이것저것 하고 있습니다."

"역시… 기회가 된다면 저도 같이하고 싶군요."

건우의 몸은 이미 완성되어 있었다. 조각으로 깎아놓은 것 같은, 가장 보기 좋은 이상적인 형태였다. 조나단은 건우의 몸이 보통 사람은 절대 닿을 수 없는 영역임을 간파했다.

옷을 갈아입고 나오자 배우들의 모습이 보였다. 건우에게 시선이 모아졌다. 건우는 너무 눈에 띄었다. 그것은 할리우드에서도 마찬가지였다. 아니, 오히려 더 외모가 부각되었다.

"안녕하세요?"

건우가 먼저 인사를 건넸다. 무술 지도를 받고 있는 주연급 배우는 총 셋이었는데 건우는 배우들의 이름을 모두 알고 있었다. 에란 로비만 살짝 웃으며 인사를 받아줄 뿐이었고 다른 배우들은 형식적인 인사만 했다.

'음……'

명백히 자신을 꺼려 하는 눈빛이었다. 건우가 악수를 청했지만 노골적으로 노려보다가 획 하고 지나갔다.

건우를 대놓고 무시한 배우의 이름은 스테판 펙이었다. 전형적인 마초 느낌이 나는 남자였다. 꽤 잘생긴 배우였지만 건우에 비할 바가 아니었다.

건우는 그다지 기분이 나쁘지는 않았다. 오히려 좋은 자극이 되었다.

'엘프 공주 셀라 역의 에란 로비… 음, 어울리긴 하는군.'

에란 로비는 미인이었다. 금발에 푸른 눈, 육감적인 몸매와 고운 얼굴. 건우가 생각하는 가장 서양적인 미인이었다. 그녀의 외모는 엘프라는 종족과 매치가 잘되었다. 어째서 그녀가 그 배역에 캐스팅되었는지 보자마자 알 수 있었다.

'스테판도 어울리기는 하지.'

스테판 펙의 배역은 왕족의 피가 흐르는 인간 남자였다.

드워프 역은 다니엘 오스먼트였다.

주연급 배우들은 물론이고 무술 지도와 트레이닝을 받으러 온 다른 배우들도 건우를 달갑게 여기지는 않는 듯했다. 그런 시선을 받으니 드디어 자신이 고향을 떠나 낯선 타지인 미국에 왔음이 느껴졌다.

그들과 자신 사이에 꽤나 커다란 벽이 느껴졌다.

"건우, 잠깐 이쪽으로……."

배우들과 동떨어져 몸을 풀고 있던 건우를 조나단이 불렀다.

"분위기가 좀 안 좋죠?"

"조금 그러네요."

"그게……."

분위기가 안 좋을지도 모른다는 제인의 말이 떠올랐다.

조나단의 이야기를 들어보니 어느 정도는 납득이 되었다. 레이먼 진스, 그리고 건우 덕분에 갑작스럽게 대폭 추가된 무술 지도 때문에 건우의 이미지는 좋지 않았다.

레이먼 진스는 사교성이 좋아 배우들과 친하게 지낸 모양이었다. 사생활이 난잡하기는 했지만 마음을 고쳐먹고 몸도 제대로 만들고 무술 지도도 열심히 받았다고 한다.

'내가 그 자리를 빼앗았다고 생각하겠군.'

뇌손상이 워낙 심해 깨어날 가망이 없기는 하지만, 아직 살아 있었다. 그런 상태인데 건우를 캐스팅했으니 레이먼 진스에게 사형선고를 내렸다고 생각할 수도 있었다.

그와 친했던 배우들, 특히 절친한 친구였던 스테판은 캐스팅을 반대하며 따졌다고 한다. 단지 빌보드 1위의 화제성, 그리고 동양권에 대한 투자 때문에 건우가 캐스팅되었다고 생각하는 배우들도 있었다. 게다가 건우 덕분에 그동안 배웠던 액션에 추가적인 훈련을 더 받아야 했으니 그들이 자신을 싫어하는 것도 이해할 수 있었다.

'날 어떻게 생각하든 상관없어.'

건우는 굳이 해명할 생각이 없었다. 저들이 자신과 벽을 쌓는데 굳이 친해지고 싶지도 않았다. 옹졸한 사람은 건우 쪽에서 사양이었다.

"제가 중재를 해줄까요?"

"아니오. 괜찮습니다. 신경 써주셔서 감사합니다."

배우들과 다 같이 모여서 몸을 풀었다.

학교에 다시 온 것 같은 기분이 들기도 했다. 건우는 배우들과 홀로 떨어져서 준비운동을 했다. 배우들과 건우 사이에 낀 에란 로비가 조금 어색한 표정을 짓고 있었다.

배우 무리들은 웃고 떠드는 분위기 속에서 서로 도와가며 준비운동을 했다.

건우만 딴 세상에 있는 분위기였다.

본격적인 훈련 전에 모두 몸에 열을 내기 위해 운동을 시작했다. 건우는 이런 가벼운 운동으로는 땀 한 방울조차 흘릴 수 없었다. 무공을 쓰지 않아도 그의 몸은 이미 인간의 한계를 초월해 있었다.

'음, 아령이라도 들까.'

아령은 무게별로 잘 정리되어 있었다. 건우가 막 아령을 들려는데, 뒤에서 스테판이 오더니 건우가 들려는 아령을 가져갔다. 상당히 무거운 아령이었는데, 건우를 살짝 보더니 운동을 시작했다.

일부러 기이한 소리를 외쳐가며 아령을 들고 있었다.

건우의 시선을 느꼈는지 웃통까지 벗어 던지며 근육을 과시했다. 근육질의 몸으로 건우에게 압박을 주려는 모양이었다.

'유치하네.'

살기라도 쏘아 보낸다면 눈물, 콧물, 그리고 오줌까지 질질 흘리며 바닥에 뒹굴 테지만 건우는 피식 웃으면서 그런 생각을 지워 버렸다.

스테판이 귀엽게 느껴졌다.

건우는 다른 아령으로 손을 옮겼다.

스테판이 가져간 아령은 스테판에게는 상당히 무거운 축에 속했다. 하지만 건우는 가벼워 그저 시험 삼아 들어보려고 했던 것에 불과했다.

건우는 훨씬 더 무거운 아령을 들고 가벼운 마음으로 몸을 풀기 시작했다. 건우가 아무렇지도 않게 엄청나게 큰 아령을 빠르게 움직이자 스테판이 살짝 몸을 떨었다.

건우는 그런 스테판을 신경 쓰지 않았다.

'조금 운동은 되네.'

약간 몸이 달아오를 정도였다. 무거운 아령을 양손에 들고 평소에 했던 것처럼 이리저리 몸을 과격하게 움직였다. 나름 괜찮게 운동을 하다가 거친 숨소리가 들려 옆을 바라보았다.

"헉, 헉!"

스테판이 헉헉거리면서 부들부들 떨리는 손으로 아령을 들어 올리고 있었다. 적당히 하고 가면 되는데, 자존심이 허락을 안 하는 모양이었다.

"수고하세요."

"억!"

건우가 그렇게 말을 건네자 스테판은 힘이 빠졌는지 앞으로 넘어질 뻔했다. 건우는 아령을 제자리에 가져다 놓고 그 자리를 벗어났다.

몸을 풀고 조나단 쪽으로 가려고 할 때였다. 조연배우 하나가 건우의 뒤로 오더니 어깨로 슬쩍 밀려고 했다.

"지금 뭐 하는……."

조연배우는 키가 건우보다 작았지만 덩치가 컸다. 건우의 어깨를 밀치려 하는 그를 보고 근처에 있던 에란 로비가 다급히 입을 뗐지만 늦어버렸다.

조연배우의 어깨가 건우와 부딪혔다.

"아, 미안… 헉!"

그는 능청스럽게 미안하다고 하며 넘어가려 했지만 그가 상상하던 결과대로 되지 않았다. 오히려 튕겨져 나간 건 조연배우였다.

건우는 미동조차 하지 않았다. 반면 조연배우는 옆으로 구르며 넘어졌다. 버티고 서 있는 건우를 당해낼 존재는 이 세상에 없었다. 건우의 내공이 적어 호신강기가 없는 게 다행이라면 다행일 것이다.

건우는 꼴사납게 넘어진 조연배우를 바라보며 입을 뗐다.

"아, 미안합니다. 뒤에서 오는 걸 못 봤네요."

건우는 그렇게 말하며 조연배우에게 다가갔다. 웃음기 없는 건우의 모습은 대단한 박력이 있었다. 에란 로비도 심상치 않은 일이 일어날 것 같아 말리기 위해 다가오려 했다.

건우는 그런 그녀의 마음과는 다르게 살짝 웃으며 손을 뻗었다. 조연배우는 멍한 표정으로 건우를 바라보았다. 망설이며 살며시 뻗어온 그의 손을 건우가 낚아챘다.

그는 한쪽 다리를 절면서 일어났다. 근육이 놀란 모양이었다.

"잠깐 앉아 봐요."

"아… 네."

건우는 그를 앉히고는 허벅지 근육을 풀어주었다. 찡그렸던 그의 얼굴이 편해졌다. 건우는 아무 일도 없다는 듯 돌아섰다.

'뭔가 신선하네.'

여기저기서 걸어오는 시비가 흥미롭게 느껴졌다.

전혀 위협이 되지 않았고, 기분 전환마저 되는 것 같았다. 가만히 자신을 바라보고 있는 에란 로비의 시선이 느껴졌다. 건우는 그녀를 보며 살짝 웃었다.

"잘 부탁해요."

"아, 네. 저도."

조금 얼떨떨한 표정으로 건우가 건넨 말에 대답한 에란 로비였다.

건우는 상쾌하다는 듯한 표정을 짓고 있었다.

조나단 앞으로 모든 배우들이 모였다. 주조연급 배우들이 모두 모이니 30명이 넘어갔다.

조나단팀은 무술 지도뿐만 아니라 바디 트레이닝도 겸하고 있었다. 스턴트팀과 바디 트레이닝팀은 분류가 되어 있었고 조나단이 총괄 지휘하고 있었다. 조나단 본인은 무술가였고 많은 작품을 통해 노하우를 익힌 트레이너이기도 했다. 할리우드에서 조나단만큼 이쪽에 능통한 사람은 찾기 힘들었다. 물론, 트레이너팀의 전문 트레이너가 많은 도움을 주고 있었다.

조나단은 손에 들린 스케줄 표를 보면서 앞으로의 스케줄에 대해 말해주었다. 그의 표정은 무척이나 진지했다.

"이제 3개월 정도 남았습니다. 지금까지 해온 개인 트레이닝에서 이제 단체 훈련으로 바뀝니다. 계약 사항에 모두 동의하셨으니 잘 따라주셨으면 합니다."

건우는 나눠준 스케줄 표를 바라보았다.

무술 지도와 트레이닝을 병행해서 하는데, 스케줄이 자세하게 짜여 있었다.

'잘 짜여 있네.'

상당히 타이트했다.

오전, 오후로 나눠져 있었고, 세부적인 시간까지 모두 정해져 있었다.

마지막 달에는 합숙까지 예정되어 있었다. 먹는 것부터 싸는 것까지 철저하게 관리한다고 한다. 촬영이 시작되고 나서도 마찬가지였다. 건우의 경우에는 식단을 조절할 필요가 없었지만 그래도 따라줘야 했다.

개인 맞춤이 아니라 단체 훈련이니만큼, 개인 사정에 의해서 스케줄 표를 변경할 수는 없었다. 배우들은 지금까지 개별적으로 훈련을 했다고 한다. 촬영이 무기한 연기되면서 훈련을 쉬고 있던 배우들도 꽤 있었다.

'개인 전담 트레이너와 영양사가 있다고 했던가?'

알 만한 스타들은 모두 그런 스태프가 따라다닌다고 한다. 그러나 이번 3개월은 철저하게 조나단의 관리하에 있어야 했다. 건우도 영화 촬영 전까지 거의 모든 스케줄이 비어 있었다.

배우들의 불만은 없어 보였다. 건우도 계약할 때 동의한 내용이기도 했고, 만약 목표치에 못 미치면 상당한 불이익이 따랐다. 이곳에 모인 모든 배우는 예외 없이 3달간 이어지는 지옥의 풀코스를 소화해야 했다.

건우의 몸을 본 조나단은 개인 트레이닝을 해도 상관없다고 했지만 건우는 참여하겠다고 말했다. 단체 훈련을 하면 배우들과 같이 지낼 수 있었고 여러모로 경험해 보고 싶었다. 게다가 될 수 있으면 인맥을 만들어놓고 싶기도 했다.

건우는 인맥의 중요성을 아주 잘 알고 있었다. 특히 이런 쪽에서는 더욱 그러했다. 프로듀서나 영화 감독의 입에서 한 차례 언급되는 것만으로도 인생이 바뀌는 곳이 바로 할리우드였다.

"그럼 종족별로 팀을 나누겠습니다."

종족별로 나눈다는 말은 그냥 들으면 이상했다. 당연히 이곳에 인간 외의 종족이 있다는 것은 아니었다.

배역에 따라 트레이닝 방식이 달랐기에 팀을 나누는 것이었다.

휴먼과 드워프족은 벌크업 위주로 했고 엘프는 큰 근육보다는 근육의 선명도 위주로 날렵한 몸매를 만들어야 했다. 이렇게 세부적으로 단체 훈련을 하는 것은 할리우드 영화 속에서도 많지 않다고 한다. 그만큼 라인 브라더스에서 신경을 쓴다는 증거였다.

건우는 당연히 엘프 종족 쪽에 섰다. E팀으로 불렸는데, 여자의 비율이 다른 팀보다 높았다.

'엘프라……'

E팀은 다른 팀보다 조금 더 훈련이 혹독할 것으로 예상되

었다. 그들은 모두 인간 같지 않은 몸매를 만들어야 했다.

그 이유는 '골든 시크릿'에서 엘프를 두고 미의 정점이라 표현하고 있었기 때문이다. 코믹북에도 그렇게 묘사가 되어 있었으니 가장 이상적인 육체를 표현해야 했다. 말이 이상적인 육체지, 그걸 진짜 자신의 몸으로 만들려면 많은 인내와 고통이 수반되어야 했다.

건우는 엘프 배역을 맡은 배우들을 바라보았다. 모두 선남선녀였는데 그중 에란 로비가 가장 눈에 띠었다. 엘프라는 종족과 잘 매치되는 여배우였다. 차가운 표정에서는 우아한 기품이 느껴졌다. 겉모습만 보자면 조금 다가가기 어려운 타입인 것 같았다.

남자들도 꽤 긴 머리를 하고 있었다. 물론, 나름 외모로 자신 있는 배우들이 모였지만 건우에 비할 바가 아니었다.

건우에게는 그들이 넘을 수 없는 아득한 벽이 있었다. 그 랬기에 요정왕이라는,― 미의 정점에 있다는 배역에 캐스팅된 것이었다. 그가 이들과 같이 평범하게 잘났다면 절대 그 두터운 경쟁을 이길 수 없었을 것이다.

'음, 부족해 보이기는 하는데……'

엘프 배역을 맡은 배역들은 긴 트레이닝 기간을 통해 꽤 괜찮은 몸매를 지니고 있기는 했지만 아직까지는 부족한 부분이 많았다. 그건 CG로 대체하기 힘든 분야였다.

엘프 복장은 대체로 몸에 붙는 형식이었고 여성의 경우에는 노출이 있는 옷을 입어야 하니 더욱 문제였다. 아무튼 건우가 상관할 일은 아닐 것이다.

배우들이 건우와 조금 거리를 두고 섰다. 남자 배우는 건우를 없는 사람 취급했지만 여자 배우들은 입장이 조금 달랐다. 레이먼 진스와 친하기는 했지만 그렇게 가까운 사이는 아니었기 때문이다. 레이먼 진스가 소문난 바람둥이였기 때문이기도 했다.

쑥덕거리는 소리가 들려왔다. 스테판이 있는 팀에서 건우를 비하하고 있었다.

"노란 원숭이 주제에 요정왕은 무슨."

"하하, 마늘 냄새 나네. 우웩. 마늘 원숭이 아니냐?"

조연배우들이 건우를 힐끔 보더니 눈을 찢는 제스처를 취했다. 명백한 인종 비하였다.

요정왕 배역을 지원했다가 탈락 후에 조연으로 캐스팅된 자들도 꽤 있었다. 건우를 비하한 조연배우들 대부분이 그런 케이스에 속했다.

건우는 피식하고 웃었다.

건우와 눈이 마주치자 그들이 흠칫 몸을 떨고는 고개를 돌렸다. 건우가 무표정으로 바라보는 것만으로도 두려운 마음이 들었던 것이다.

살짝 살기를 담아 보내주니 그대로 주저앉았다. 그들은 건우의 살기에 몸이 딱딱하게 굳었고 새파랗게 질려 버렸다.

건우는 상대조차 되지 않는 저들이 오히려 가여웠다.

'진짜 저런 놈들도 있구나.'

건우는 착해 빠진 성격이 아니었다. 한국에서는 아주 착한 인성으로 소문이 나 있었지만 그런 이미지는 건우가 관리를 했기에 만들어졌다고도 할 수 있었다.

건우는 자신에게 걸어오는 시비를 끝없이 참아줄 정도로 호구가 아니었다. 오히려 철저하게 되갚아주는 성격이었다.

'좀 더 선을 넘었으면 좋겠네.'

자신에게 더 시비를 걸려다가 똥오줌을 못 가리게 될 수도 있으니 미리 명복을 빌어두는 것도 나쁘지 않을 것이다. 한 번만 더 눈에 밟히면 지독하게 괴롭혀 줄 의향도 있었다.

에란 로비가 조연배우들이 한 이야기를 들었는지 건우에게 다가왔다.

"저… 미안해요."

"괜찮습니다. 사과해야 하는 쪽은 저쪽이겠죠."

진심으로 사과를 한다면 모를까 좋게 받아줄 생각은 없었다. 에란 로비의 얼굴에는 미안한 기색이 보였다. 본인이 미안해할 필요가 없음에도 그녀는 미안해했다. 그들과 잘 아는 사이여서 더더욱 그런 것일지도 몰랐다.

건우는 살짝 웃었다.

"신경 쓰지 마세요. 아, 소개가 늦었네요. 이건우입니다."

"에란 로비예요. 여기에서 건우 씨를 모르는 사람은 없을 걸요?"

"그래요?"

"네, 저도 잘… 아니에요."

"잘 부탁합니다."

"아… 네."

건우와 에란 로비가 악수를 나눴다. 평소에는 차가워 보이는 표정이었지만, 건우와 눈이 마주치니 조금은 수줍게 웃었다. 건우는 그 미소가 꽤나 아름답다고 생각했다.

'크리스틴 잭슨 감독과 불륜설이 났다고 했던가?'

한국에서도 꽤 알려진 이야기였다. 실시간 검색어에 오를 정도니 말이다. 루머로서 일단락되는 분위기였지만 아직까지 그런 의혹이 남아 있었다.

'그럴 리 없지.'

건우는 고개를 저었다. 크리스틴 잭슨 감독과 몇 번 만나보지는 않았지만 여자관계가 난잡한 타입이 아니었다. 그에게서 느껴지는 기운은 맑았고 눈빛은 순수해 보이기까지 했다.

그런 그가 불륜을 저지르리라고는 상상조차 할 수 없었다. 애초부터 그런 것에 관심이 있을지 의문이었다. 아마 건우에게 했던 것처럼 배역에 대한 열정을 드러내면서 만들어진 의혹이 아닌가 싶었다. 에란 로비는 파파라치에게 시달렸고 루머 때문에 정신과 치료도 받았다고 한다. 아마 지금도 받고 있을 것이다. 루머일 뿐이지만 당사자는 큰 고통을 받는다. 치유할 수 없는 상처가 되기도 했다.

'미국이라고 다를 건 없지. 아니, 오히려 더 심한가?'

파파라치의 수준 자체가 완전히 달랐다. 미국에서는 거의 스토킹 수준이었다. 아예 일상생활을 못할 정도였다.

건우는 그런 그녀에게 동정심이 생겨 잘해줘야겠다고 생각했다. 자신을 걱정해 주는 것도 고마웠고 말이다.

조나단이 차트를 들고는 E팀 앞으로 다가왔다. 엘프팀이라서 E팀이라고 지었다고 한다. 참고로 휴먼팀은 H팀, 드워프팀은 D팀 이었다.

건우는 그들에게 작명 센스가 없다고 생각했다.

체구가 큰 조나단은 무표정으로 가만히 서 있는 것만으로도 압박감이 대단했다. 민머리와 각진 얼굴이 그를 마치 로봇처럼 보이게 만들었다.

건우가 나중에 들어서 안 것이었지만 크리스틴 잭슨 감독은 그를 터미네이터라는 별명으로 불렀다.

그래서 그런지 그의 트레이닝 방법도 터미네이터처럼 자비가 없었다.

"자, 하루가 짧습니다! 시작하죠."

조나단과 트레이닝 스태프가 E팀을 직접 지도했다.

서킷 트레이닝이었는데, 근력운동과 유산소운동을 겸하기 때문에 크고 볼륨 있는 근육보다는 몸매의 선, 근육의 선명도, 체지방 관리에 효과적인 운동 방법이었다. 여자의 경우에도 예외가 없었다. 기구를 사용하는 운동은 무게를 달리했지만 기본적으로 같은 스케줄을 소화해야 했다.

운동이 시작되었다. 휴식이 거의 없이 여러 종류의 운동을 해야 했다. 운동 강도가 상당히 강했지만 힘들다고 해서 뒤쳐질 수 있는 분위기가 아니었다. 단체 서킷으로 이루어지고 있었기 때문이다.

여기서 처지거나 하면 망신이었다. 어떤 소문이 나돌지 몰랐다. 할리우드 배우들은 사생활이 거의 없다고 봐도 무방했다. 그걸 알고 있는지 배우들은 필사적이었다. 게다가 자존심이 강해 지기 싫어하는 성격이 대부분이었다.

"허억!"

"흐윽! 큭!"

신음 소리가 난무했다. 조나단은 가차 없이 배우들을 조였다. 정중하게 부탁하는 어조로 말했지만 배우들에게는 그게 더 압박으로 다가왔다.

"자세를 똑바로 해야 합니다."

"크!"

"좀 더, 좀 더! 좋습니다! 다시!"

"허억!"

"멈춰 있으면 곤란합니다. 다시!"

커다란 조나단의 목소리와 신음 소리만이 넓은 공간을 가득 채우고 있었다. 조나단의 발음은 건우가 듣기에도 대단히 정확했고 힘이 있었다.

건우는 생각만 해도 치가 떨리는 군대에서의 유격 훈련이 떠올랐다. 그때는 일반인이어서 엄청나게 고생했었다. 지금은 아무것도 아니겠지만 말이다.

조나단을 보니 그때의 훈련 교관이 저절로 생각났다. 그만큼 배우들을 악착같이 굴리고 있었다. 조나단의 트레이닝은 일반인 수준에서 볼 때 상당히 혹독했다.

건우가 판단할 때 아주 좋은 선생님이었다.

'조금 심심한데.'

건우는 완벽한 자세로 모든 운동을 소화했다. 건우가 평소에 하는 훈련에 비한다면 이 정도 트레이닝은 어린아이 장난 수준이었다.

다들 땀범벅이었지만 건우는 처음 들어왔을 때와 똑같이 뽀송뽀송했다. 땀이 나기는커녕 조금 심심하게 느껴졌다. 건우의 뒤에 있던 에란 로비가 그런 건우를 괴물 보듯이 바라보았다.

다른 이들도 마찬가지였다.

'이건 그럭저럭 괜찮네.'

허리에 탄력 있는 고무줄을 차고 목표 지점까지 뛰는 걸 반복하는 훈련이었다. 건우는 제법 빠른 속도로 반복해서 뛰었다. 하면 할수록 속도가 줄어들지 않고 오히려 조금씩 늘어났다. 고무줄의 당기는 힘이 부족했는데, 그래도 꽤 만족스러웠다.

나중에 집에다 개인 훈련실을 만들 때 참고해도 괜찮을 것 같았다. 무림인들에게 있어서 그런 훈련실은 선계보다도 더 좋을 것이다. 날고 긴다는 명문 정파의 수련장도 그저 넓은 공간과 무기가 있을 뿐이었다.

지향하는 바는 달랐지만 이처럼 체계적으로 훈련이 짜여 있지는 않았다. 훈련 방법에 따라 무력이 상승하는 효율이 달라졌다. 건우도 많은 것을 배울 수 있었다.

훈련에 대한 여러 가지 생각들이 꽉꽉 떠올라 즐거웠다.

'무림으로 치면 상승 무공을 막 전수하는 거랑 비슷하겠네.'

그런 생각이 나자 건우는 살짝 웃었다.

"건우 씨, 너무 빠릅니다. 페이스 조절을 좀 부탁드립니다."

"아, 네. 역시 힘드네요."

"그런 말이 아니었습니다만, 역시 대단하시네요."

조나단은 혀를 내두르며 말했다.

그의 스태프들도 멍하니 건우를 바라보았다. 이런 미친 듯한 운동 능력을 보여주는 배우는 단언컨대 본 적이 없었다. 배우뿐만 아니라 그들이 접해본 운동선수 중에서도 없었다.

땀을 흘리기는커녕 숨조차 흐트러지지 않았다. 표정은 평온 그 자체였다. 오히려 운동이 계속될수록 생기가 넘치는 표정으로 변했다.

건우로서는 적당히 하는 것에 불과했지만 보는 이들은 그렇게 생각할 수 없었다.

'그래도 몸을 움직이니 좋구만.'

좋은 환경에서 몸을 움직이니 기분이 좋아졌다. 건우는 훈련하는 걸 즐기는 무인이었다. 전력을 다해 움직일 수 없다는 것이 아쉬웠지만, 그럭저럭 몸에 열기가 올라올 정도는 되니 상쾌한 기분을 느낄 수 있었다.

건우는 주위를 바라보았다.

다른 이들의 모습을 살펴볼 여유가 있었다. 아니, 여유가 넘쳐서 문제였다.

'그래도 꽤 노력하네.'

스테판이 거대한 타이어를 들었다가 놓고 질주하는 모습이 보였다. 고통스러운 표정을 지으면서도 포기하거나 하지는 않았다. 어째서 할리우드 스타들이 작품에 들어가게 되면 몸이 확 바뀌는 이유를 잘 알 수 있었다. 배우의 의지도 있었지만 역시 시스템적인 부분이 한몫했다.

오전 훈련이 끝나자 모두 녹초가 되었다. 건우는 오히려 이제 막 준비운동이 끝난 기분이었다. 그래도 꽤 상쾌했다. 낯선 타지에서 이런 기분이 되리라고는 생각해 본 적이 없었다.

바닥에 주저앉아서 주섬주섬 고구마와 스포츠 음료를 먹고 있던 에란 로비가 건우를 바라보았다. 건우와 눈이 마주치자 잠시 망설이다가 입을 떼었다.

"…안 힘들어요?"

"힘들어요."

"거짓말 맞죠?"

건우는 그냥 웃을 뿐이었다. 건우는 그녀를 살펴보았다.

그녀의 몸속에 탁한 기운이 뭉쳐 있는 게 보였다. 특히 머리 쪽에 검은 기운이 일렁였는데, 신체에 영향이 갈 정도로 좋지 않았다. 이대로 쭉 이어졌다가는 영화 촬영 도중에 무슨 일이 생길 것 같았다.

"그거 맛있나요?"

"아뇨. 절대, 전혀!"

"그래요?"

"삶의 낙이 없어요. 유일한 낙이라면… 아! 아니에요."

스트레스가 상당한 것 같았다.

같이 꽤 오랜 시간 운동을 해서 그런지 대화가 편했다.

나이도 건우와 같았다. 동갑내기의 배우를 만나는 건 처음이었다.

건우가 파악한 그녀는 말수가 적은 편이긴 하지만 할 말은 하는 성격이었다. 돌려 말하는 성격이 아니라 차갑게 느껴졌지만 건우는 오히려 그게 더 좋았다.

그녀가 몸을 일으키려다가 주저앉자 건우가 손을 뻗었다. 그녀가 손을 잡자 힘 있게 당겨 일으켜 주었다.

'오지랖이기는 하지만……'

개인적인 고마움도 있고, 힘을 올바르게 쓰는 건 좋은 일이었다. 고농도의 기운도 흡수할 수 있으니 좋은 게 좋은 것이었다.

건우는 그녀의 손을 통해 그녀 몸속에 있던 탁하게 뭉친 기운을 흡수했다. 이미 과하게 뭉쳐 있어 한순간에 모조리 흡수할 수는 없었다. 일으켜 주고 잠깐 손을 잡고 있었다.

에란 로비가 멍한 표정으로 건우를 바라보았다.

건우는 손에서 힘을 뺐지만 오히려 에란 로비가 손을 잡고 있었다.

건우가 손을 잡아준 시점부터 몸이 놀라울 정도로 상쾌해졌다. 무거웠던 머리가 가벼워지고, 안개 낀 것 같이 흐리게만 보였던 주변의 색채가 마치 환한 등불이 켜진 것처럼 밝아졌다.

과장하자면 흑백 브라운관 티비를 보다가 UHD TV를 보는 것 같은 느낌이었다.

'아……'

그 쾌감을 어떻게 설명할 수 있을까?

본래의 자신을 되찾은 것 같았다. 몸을 내리누르던 우울함이 사라지고 온몸에 활력이 솟아났다.

그녀는 건우를 멍하니 바라보았다. 왜인지 건우의 주변에서 밝은 빛이 뿜어져 나오는 것 같았다. 이 손을 놓게 되면 다시 예전으로 돌아갈 것 같아 손을 놓을 수가 없었다.

"저기, 에란 로비 씨?"

그녀의 반응이 심상치 않아 건우는 다시 그녀를 살펴보았다. 정상이었다. 온몸에 활력이 돌아오는 중이었다. 오염되었던 선천지기는 시간이 지나면 회복할 것이다. 부작용이 있을 리가 없었다.

"에란 로비 씨?"

"……"

건우가 재차 그녀의 이름을 불렀지만 반응이 없었다. 건우는 난감한 기분이 되었다. 매정하게 손을 빼기에는 그녀의 눈빛이 너무 간절했다.

에란 로비에게 현재 건우의 목소리가 자장가처럼 들렸다.

건우 앞에서 티는 내지 않고 있었지만 그녀는 건우의 노래가 없으면 잠을 이룰 수 없었다.

사실 그녀는 '달빛 호수', '별을 그리워하는 용'뿐만 아니라 마스크 싱어까지 모두 섭렵한, 이른바 건우 덕후였다. 미국에서는 아직 소수의 집단이기는 하지만 확실히 그 세력이 존재했다.

지금까지 쿨한 척하며 건우를 앞에 두고 냉정을 유지하려 노력하고 있던 것이다. 필사적으로 거의 자신에게 최면을 걸다시피 하여 의식하지 않도록 노력했다. 그러나 건우와 손을 잡자마자 경계가 무너지며 표정이 흐물흐물해졌다.

'빌어먹을 놈들! 똥덩어리들이!'

머리에 근육만 가득한, 배우로서 실격인 멍청이들이 건우를 모욕했을 때 그녀는 당장에라도 달려가 명치에 주먹을 꽂고 싶었다. 실제로 한마디라도 더 했다면 그리 했을지도 몰랐다.

'너흰 찍혔어.'

에란 로비는 절대 그냥 용서해 줄 생각이 없었다.

"건우 씨, 이후 일정에 관해서입니다만 제안이 있습니다. 음? 뭐 하십니까?"

손을 놓지 않은 에란 로비 덕분에 둘은 상당히 이상하고 어정쩡한 자세가 되었다. 둘의 이상한 모습을 본 조나단이

물었다. 에란 로비가 화들짝 정신을 차리면서 건우의 손을 놓았다.

"손금을 봐주고 있었습니다. 그렇지요?"

"아… 네!"

건우가 에란 로비를 바라보며 말하자 에란 로비가 눈을 깜빡이다가 대답했다.

건우는 에란 로비가 무안해할까 봐 그렇게 말한 것이었다. 건우는 에란 로비의 몸에서 탁한 기운이 대부분 사라진 것을 알 수 있었다. 아마 정신이 상당히 맑아졌을 것이다.

조나단은 손금이라는 말에 흥미가 가득한 눈으로 다가왔다.

"저도 봐줄 수 있습니까?"

건우는 손금을 볼 줄 몰랐다. 그러나 말한 것이 있으니 일단 조나단의 손을 잡고 손바닥을 들여다보았다. 그러면서 조나단의 몸의 기운들을 탐색했다.

조나단은 건강했다. 딱 무술인의 표본이었다. 그러나 건우가 살펴보니 혈맥이 부자연스럽게 이어진 곳이 보였다.

건우는 살짝 장난기가 돌았다.

"음, 어렸을 적에 크게 다치지 않았습니까? 오른쪽 허벅지 부분을요."

"오, 오! 맞습니다."

"운이 좋았습니다. 전생에서 베푼 은혜가 당신을 도왔군요."

"그, 그런 것도 볼 수 있습니까?"

조나단이 잔뜩 흥분했다. 어디 가서 말하지 않은 일이었다. 그의 친인척들만 알 뿐이었다. 완치가 되었지만 지금도 가끔 쑤셨다.

건우는 손바닥을 훑어보는 척했다. 그러다가 미소를 지웠다. 갑자기 진지해진 건우의 모습에 조나단은 침을 꿀꺽 삼켰다.

"관리만 잘하시면 건강하게 잘 사실 겁니다."

"저, 정말입니까?"

"다만 부적이 필요한데……."

"부디 부탁드립니다!"

그냥 평범하게 덕담을 해준 것이지만 조나단은 믿고 있었다.

건우는 피식 웃었다.

"농담입니다. 너무 이런 걸 믿지 마세요. 사기를 잘 당하시겠는데요?"

"아……."

조나단은 눈을 깜빡이다가 허탈한 표정이 되었다. 정말 괜찮냐고 몇 번이고 물어왔다. 건우가 농담이라고 했지만 신경 쓰이는 모양이었다.

그걸 보고 있던 몇몇 배우들이 다가왔다. 에란 로비도 곁에서 보고 있었다.

에란 로비는 말할까 말까 망설이고 있었다. 건우는 그녀가 무슨 말을 하고 싶어 하는지 눈치챌 수 있었다.

"봐드릴까요?"

"…부탁해요."

건우는 그녀의 손을 다시 잡았다. 농담이라고 말했는데 조나단처럼 그녀도 진지한 표정이었다. 그러고 보니 자신의 스승님도 밤하늘의 별을 보며 무림의 운세를 점치곤 했다. 물론 건우는 믿지 않았지만 한쪽 구석으로는 늘 신경을 쓰고 있었다.

"오! 좋은데요?"

"네?"

"앞으로 좋은 일들이 가득할 겁니다. 건강한 생각을 하신다면요. 자신감을 잃지 않는 게 중요합니다."

에란 로비는 건우의 말에 미소를 그렸다. 건우가 그렇게 말해주자 상당히 기쁜 모양이었다. 지금까지 힘든 시기를 보냈는데, 건우의 말을 들으니 많은 의지가 되었다.

운명이라는 것을 믿지 않고 살아왔지만 그래도 지금만큼은 건우의 말을 믿고 싶었다.

"고마워요."

"별말씀을."

에란 로비가 다시 무언가를 말하려 할 때 다른 이가 건우에게 말을 걸었다. 갈색 머리의 여배우였다. 자기소개를 한 적이 없어 이름은 몰랐지만 같은 E팀이라 얼굴은 알고 있었다.

"안녕하세요? 저도 이런 쪽에 관심이 많은데……."

"그렇습니까? 그러고 보니 소개가 늦었네요. 이건우입니다."

"제시카예요. 호위 엘루나 역을 맡고 있어요. 이쪽에 계신 공주님과 폐하의 호위이지요. 그냥 편하게 제시라고 불러주세요."

제시카가 영광이라는 듯 건우에게 엘프족이 하는 예의를 담아 인사했다. 보통 그런 몸짓을 하면 오글거리게 마련이었지만 전혀 그런 느낌이 들지 않았다. 배우는 배우라는 생각이 들 뿐이었다.

"폐하, 그럼 제 손금은 어떤가요?"

제시카의 물음에 건우는 부드러운 미소를 지으며 그녀의 손을 잡았다. 나름 추측해서 말한 것들이 정확하게 맞아버려 주변 배우들이 더욱 관심을 갖게 되었다.

건우는 좋은 말들을 많이 해준 후에야 불안한 듯 이어지는 질문에서 벗어날 수 있었다.

건우는 곁에서 떠나지 않고 지켜보는 조나단의 시선이 느

껴졌다. 왜인지 자신에 대한 신뢰가 왜인지 더욱 높아진 것
같았다.

'뭐, 잘된 건가?'

일단 자신에 대한 경계가 많이 해소되었으니 좋은 결과라
고 볼 수 있었다.

$$*\qquad\qquad*\qquad\qquad*$$

가볍게 식사를 한 후에 무술 지도가 이어졌다.

무술 지도는 와이어 액션 연습이나 검술, 동세 등을 집중
적으로 봐주고 합을 맞춰보는 방향으로 이루어졌다.

3부작으로 기획되는 만큼 촬영해야 할 전투신은 상당히
많은 편이었다. 소규모 전투는 물론이고, 대규모 전쟁신까지
계획되어 있었다. 첫 편이 어느 정도 성과를 거둬야 한다는
커트라인이 있었지만 크게 망하지 않는 이상 제작될 예정이
었다.

라인 브라더스가 자존심을 건 작품이었다.

아무튼 격한 액션 같은 경우에는 대역으로 할 수 있었지
만 걸음걸이, 자세, 종족별 동작 등 영화 전반적인 내용을
아우르는 내용들은 배우 본인이 직접 연기해야 했다. 게다가
주연급 배우들 모두 대역을 쓰지 않고 본인이 액션 연기를

하겠다는 의지가 강력했다.

배우 커리어에 좋은 도움이 될 수 있었고 이후에도 도움이 되니 말이다.

액션신 하나를 소화할 때도 재능이 없다면 시간이 꽤 걸렸다. 혼자 잘해서 되는 것도 아니었고 몸으로 하는 연기였으니 말이다. 그렇기에 대역 없이 소화하려면 훈련은 필수였다. 조나단이 미리 찍어놓은 콘티 영상들을 건우에게 보여주었다.

롱테이크로 구성된 신도 있었고, 짧게 임팩트만 보여주는 신도 많았다. 원작 소설에도 전투 묘사가 백미였고 코믹북도 마찬가지였다. 그래서 엄청 신경을 쓴 티가 났다.

투박하지만 힘이 있고 사실처럼 느껴지는 합이 일품이었다. 장르가 판타지이기는 하지만 전투신 자체는 대단히 리얼한 느낌이었다. CG가 더해진다면 어떻게 변할지 너무나 기대되었다.

"건우 씨의 움직임을 보고 바꿔봤는데, 어떻습니까?"

"좋네요."

"이 부분을 과장되지 않는 선에서 좀 더 화려하게 하고 싶습니다만……."

건우는 고개를 끄덕였다.

조나단의 입장에서 볼 때는 자신은 분명 아무것도 아니었다. 드라마 액션신을 찍은 경험이 있기는 하지만 커리어라고 내밀 수준은 아니었다. 무시해도 할 말이 없었다. 그러나 크리스틴 잭슨 감독이 찍은 영상, 그리고 건우의 시연을 직접 보고 자세를 낮춰 건우의 조언을 받았다.

보통이라면 있을 수 없는 일이었지만 건우의 시연은 워낙 충격적이었다. 무술을 아는 조나단에게는 경외롭게 보여 건우의 나이나 커리어 따위에 전혀 신경을 쓰지 않게 만들었다.

조나단은 건우의 가치를 정확히 알고 있었다.

건우의 눈에 멀찍이서 무술 지도를 받고 있는 주연배우들이 보였다. 스테판은 아예 윗옷을 벗고는 자세 연습을 하고 있었다. 홍보용 메이킹 비디오를 찍는 모양인지 캠코더 하나가 그의 옆에 붙어 있었다.

확실히 그는 건우보다 몸값이 2배는 높은 스타였으니 저런 건 당연한 건지도 몰랐다. 지금의 건우와 삶 자체가 다른 인물이었다. 그러나 딱히 부럽거나 하지는 않았다.

잠시 생각하던 건우는 자세를 방금 본 것 그대로 펼쳐보았다. 단 한 번 본 것에 불과했지만 건우의 몸놀림은 막힘이 없었다.

조나단과 그의 팀원들의 반응은 말할 것도 없었다.

"정말 좋기는 한데, 음, 개인적인 생각이지만 여기서 이렇게 해보는 건 어떨까요?"

건우의 말투는 정중했다.

건우는 조나단이 말한 부분을 한번 펼쳐본 후, 자신이 생각해 본 것을 즉석에서 펼쳤다.

건우의 전투 센스는 수많은 실전을 통해서 쌓인 것이었다. 그의 전생 전부가 목숨을 건 전투의 연속이었으니, 이런 액션의 합 같은 것을 떠올리는 데 아무런 문제가 없었다.

검을 휘둘렀을 때 상대의 반응, 그리고 이어지는 액션은 실전 경험을 하지 않고서는 자연스럽고 완벽하게 하기에는 무리가 있었다. 일반인의 눈에는 모두 자연스럽게 보였겠지만 건우 같은 경지에 이른 무인에게는 어설프게만 보였다.

전광석화와 같은 움직임이었다. 깔끔하게 올려 베고는 순식간에 검의 파지법을 바꾸며 찔러 넣었다. 허리를 비틀며 물 흐르듯이 검을 휘두르는 모습은 예술에 가까웠다. 그렇게 표현하면서도 조나단의 의도에 딱 맞았다. 화려했지만 굉장히 위력적으로 보이기까지 했다. 그리고 무엇보다 박진감이 넘쳤다.

조나단은 이것이 단순히 연출용 무술이 아니라 살아 있는 무술임을 확신하고는 주먹을 불끈 쥐었다.

조나단의 팀원이 건우의 모습을 찍고 있었다.

"차라리 여기에서는 좀 더 과격하게 하는 것도 좋겠네요."

건우는 바로 자세를 잡고 좀 더 과감하게 무술을 펼쳤다.

건우는 검술뿐만 아니라 권법에도 능통했다. 건우가 살짝 동작을 더하고 자세를 수정하자 액션이 훨씬 살아났다.

기세를 일으키며 펼치다 보니 멀리 떨어져 있음에도 살이 베이는 것 같았을 것이다. 건우를 모욕했던 두 배우는 그대로 굳어서 아무 말도 하지 못했다.

스테판도 멍하니 건우를 바라보았다.

짝짝짝!

"좋네요! 아주 좋아요!"

조나단이 터미네이터라는 별명답지 않게 잔뜩 흥분하며 박수를 쳤다. 박수 소리가 점차 커져서 주위를 보니 조나단의 팀원들뿐만 아니라 다른 배우들도 박수를 치고 있었다.

건우는 그들이 자신을 바라보는 눈빛이 달라진 것을 느꼈다. 특히 건우와 운동을 같이 했던 배우들이 그러했다.

본래 다른 곳에서 지도를 받았지만 조나단이 모두 데려온 것 같았다.

'괜히 팀장이 아닌걸?'

조나단이 일부러 자리를 마련해 준 것 같았다. 그들이 건우를 자연스럽게 인정하도록 만들기 위해서 말이다.

스테판은 멍하니 건우를 바라보고 있다가 고개를 돌렸다. 표정이 그리 좋지 않았는데 건우는 그에 대해 신경 쓰고 있지 않았다.

'뭐, 괜찮네.'

건우는 주목을 받고 있었다.

이곳에 온 지 하루도 지나지 않아 일어난 일이었다. 딱히 큰 어려움은 느껴지지 않았다. 할리우드에서 생활하는 것도 생각보다 그렇게 힘들지는 않을 것 같았다.

*　　　　*　　　　*

시간은 빠르게 지나갔다.

생각보다 빠른 시기에 건우는 호텔을 나와서 근처의 집으로 이사했다. 단기 렌탈이었지만 건우가 신경 쓸 일은 별로 없었다. 다만 미국이라서 그런지 우리나라와는 다르게 집이 꽤 컸다. 차고도 있었고, 작기는 하지만 마당도 있었다. 라인 브라더스에서 렌탈 비용의 반을 지불하기로 계약되어 있어서 쾌적한 집을 구할 수 있었다. 에이전트의 지인이 집의 주인인 만큼 상당히 신경을 써준 것을 느낄 수 있었다.

'좋은 사람도 많지.'

그의 에이전트는 좋은 사람이었다.

들어보니 호텔에서 지낼 때는 무언가 이방자 같은 느낌이 들 것이기에, 미국에서 좋은 생활을 오랫동안 했으면 좋겠다는 바람이 담아 집을 마련해 주었다고 한다. 그러나 건우는 오랫동안 미국에서 살 생각은 없었다.

본격적으로 트레이닝에 들어가면서 건우는 외부 노출을 거의 하지 않았다. 현재 가장 우선순위는 영화였고 UAA도 그걸 잘 알고 있었다. 그런데 빌보드 순위에서 떨어질 생각을 하지 않고 있었다.

미국에 온 초반에, 그것도 공연 위주의 활동밖에 하지 않았다. 지금은 아예 영화에만 집중하고 있었는데 오히려 2위와의 격차가 점점 더 벌어지고 있었다. 단순한 원 히트 러너, 그리고 동양 가수의 선전이라 여기며 다소 무례한 섭외를 했던 방송사들도 입장을 달리할 수밖에 없었다.

벌써 13주 연속 1위였다. 미튜브 동영상도 조회 수가 12억에 다다랐다.

당연히 건우의 입지는 더욱 올라가 버렸다. 미국에 왔으면서 아예 활동을 안 하니 더욱 그러했다. 건우를 두고 오만하다고 비판을 하는 기자들도 존재했다.

<동양에서 온 가수, 미국을 얕잡아 보다>
<권위의 추락, 허상뿐인 빌보드>

주요 언론은 아니었지만 대놓고 건우를 비난하는 기사들도 생산되고 있었다. 물론, 건우는 한국 기사도 잘 찾아보지

않는데, 그런 것까지 찾아보지는 않았다. 주위에서 어떤 소리를 해도 건우의 성적이 사라지는 건 아니었다.

아직까지는 이곳에 대한 애정이 없기 때문에 더더욱 그랬다.

—건우 씨의 참여는 의미가 있을 겁니다. 죄송합니다. 아무래도 타이트한 일정인데…….

"괜찮습니다. 좋은 행사잖아요?"

—예, 그렇지 않다면 결코 제의드리지 않았을 겁니다.

"알겠습니다."

건우는 마이클과의 통화를 끝내고 트레이닝 센터로 들어섰다.

건우가 받은 제의는 자선 공연이었다. 연이어 세계적으로 계속되고 있는 테러의 희생자들을 애도하고, 그들을 위한 기부금을 모으는 의미에서 기획되었다. 미국의 유명한 가수들이 모두 한뜻이 되어 참여하기로 결정했고, 그러다 보니 빌보드 1위를 고수하고 있는 건우에게도 초청이 온 것이었다.

거절할 수도 있었지만 되도록이면 참여하는 것이 좋겠다는 마이클의 설득이 있었다. 정중히 초청이 왔는데, 안 간다면 무슨 말이 나올지 알 수 없었다. 게다가 인맥을 쌓기에 아주 좋은 자리였다. 내로라하는 미국의 정상급 가수들이 한자리에 나오니 말이다.

"건우 씨, 왔어요?"

"어제는 고마웠어요. 답례를 하고 싶은데……."

안으로 들어가니 두 여성 배우가 반가워하며 손을 흔들었다. 건우는 늘 개인 수련 겸 조나단과의 사전 회의를 하기 위해 한 시간 정도 일찍 왔는데, 제시카와 셀리도 일찍 나오기 시작했다.

아마 건우가 조나단과 함께 E팀의 동작을 봐주기 시작한 이후부터일 것이다. 가벼운 마음으로 조언 정도를 한다는 의미에서 참여한 무술 자문 인원이었는데, 지금은 본격적으로 참여한다는 느낌이었다. 크리스틴 잭슨 감독과도 수시로 만나고 있었다.

아무튼, 저 둘과 마찬가지로 건우에게 감도는 편안한 기운을 매일 접하다 보니, 다른 E팀 배우들도 건우를 더 이상 경계하지 않았다. 다른 팀들 중에서는 여전히 건우를 무시하거나 험담하는 사람이 있기는 하지만 말이다.

'안 좋은 기운을 흡수한 것이 컸나?'

자세를 잡아주며 뭉쳐 있는 탁한 기운들을 흡수한 건우였다. 에란 로비처럼 심각한 경우는 없었지만 건우가 지도를 해주면 더없이 편안한 기분이 들게 되니 절로 중독이 되는 것이다.

정신적인 압박, 그리고 스트레스가 심한 것이 할리우드 배우였다. 시간을 내어 정신과 상담을 받는 이들이 부지기수였다. 건우가 주는 편안함은 돈을 주고도 살 수 없는 것이었다. 건우의 노래가 계속해서 인기를 끄는 것도 편안함, 행복함을 주기 때문인 것과 일맥상통하는 바가 있었다.

건우는 그걸 이용해서 타인을 매료하고 이익을 도모할 의도는 전혀 없었다. 적어도 자신이 참여하는 만큼 조금 관리를 해준 것에 불과했다.

좋은 일을 하면 언젠가 돌아오게 되어 있었다. 건우는 그렇게 믿어 왔다.

"괜찮습니다. 신경 쓰지 마세요."

"아! 건우 씨, 아침 드셨어요?"

"아니요."

"이거 드세요!"

제시카가 여러 과일이 든 도시락을 내밀었다. 화려한 외모와는 어울리지 않게 귀여운 도시락이었다. 딱 봐도 정성이 느껴졌다.

"감사합니다."

건우는 도시락을 받고는 조나단의 사무실로 갔다. 조나단은 늘 그렇듯 가장 먼저 트레이닝 센터에 나와 있었다.

조나단은 배우들의 현재 상황을 검토하고 개인마다 맞춤

계획을 짰다. 건우가 문을 두드리고 들어가자 조나단이 웃으면서 건우를 맞이했다.

"좋은 아침입니다."

"네, 좋은 아침이네요."

"커피 드릴까요? 음, 그건?"

"제시카 씨가 주셨어요. 같이 드실래요?"

조나단이 피식 웃으면서 고개를 저었다.

건우가 보여준 도시락은 정성이 넘쳐났다. 하트가 그려진 핑크빛 스티커까지 붙어 있었다. 조나단은 같이 먹게 되면 발생할 불상사를 잘 알고 있었다.

'그 제시카가 말이지……'

조연급이었지만 기대되는 배우 중 하나였다. 조나단이 판단하기에 그녀는 자존심이 강하고 남을 잘 인정하지 않는 성격이었다. 모난 점은 없지만 사적으로는 대하기 어려웠다. 레이먼 진스가 그녀를 꼬셔보려다가 싸대기를 맞은 사건은 유명했다. 오로지 연기밖에 모르는 철벽녀로 유명했다.

배우로서는 아주 바람직했지만 대인 관계에서 적을 만드는 경향이 있었다.

'요즘 표정이 아주 부드러워졌던데……'

조나단은 건우를 바라보며 고개를 끄덕였다. 건우가 세심하게 옆에서 지도해 주니 그럴 수밖에 없을 것이다. 같은 남자가 봐도 대단히 잘난 사람이었다.

그런 제시카의 반응도 놀라웠지만 E팀의 두드러진 변화가 눈에 띄었다. 건우가 지도에 참여하고 나서부터 발전해 나가는 것이 눈에 보였다. 그래프로 표현해 보면 아마 급격한 상승 곡선을 그릴 것이다.

배우가 아니었다면 진작에 자신의 팀으로 캐스팅했을 것이 분명했다. 배우로서도 인정하고 있었고 가수는 이미 대중들에게 인정을 받고 있었다. 단점이 있다면 자신의 인기를 조금 낮게 보는 성향이 있었다. 지금도 거리에 나가면 심심치 않게 건우의 노래가 들렸고 온라인상으로도 폭발적으로 인기가 상승하는 중이었다. 기사뿐만 아니라 뉴욕 타임즈에까지 등장할 정도였다.

"이후 일정입니다만……."

건우는 조나단에게 향후 스케줄에 대해 이야기를 했다.

조나단은 이제 깨달았다는 듯 건우를 바라보았다.

"건우 씨는 가수셨지요. 그것도 아주 대단한."

"대단하지는 않습니다."

"벌써 몇 주째 1위이지 않습니까? 조금만 더 가면 빌보드의 역사가 새롭게 바뀔지도 모릅니다."

조나단은 음악에 대해서 관심이 없었지만 건우의 소식은 알고 있었다. 건우와 매일 얼굴을 맞대기에 잊고 있었는데,

건우가 공연을 하러 간다니 새삼 깨달았다.

"좋은 일을 하시는군요. 아, 그리고 그 전에 대본 리딩도 있었죠?"

"네. 대본 리딩 다음 날에 바로 갈 예정입니다."

"피곤하시겠네요."

조나단은 원래부터 건우의 사람 됨됨이를 높게 평가하고 있었다. 그런데, 한국에서 온 지 얼마 되지 않았음에도 자선 행사에 참여한다고 하니 정말로 훌륭한 인성이라고 생각했다.

건우의 경우에는 따로 훈련을 할 필요가 없었다. 와이어 액션 같은 경우에도 단 한 번 본 것만으로 자신의 팀원보다 잘 소화해 냈다. 그의 몸도 더할 나위 없이 완벽한 상태였다. 조나단은 태어나서 건우보다 완벽한 몸은 본 적이 없었다. 근육을 보여주기 위해 키우는 보디빌더와는 개념이 아예 다른 근육이었다.

"죄송하게 되었습니다. 중요한 시기인데……."

"아닙니다. 대신, 나중에 저에게도 무술 좀 가르쳐 주세요."

"알겠습니다. 아주 많이 힘드실 겁니다."

"하핫! 절 너무 얕보시는군요."

건우는 조나단과 영상을 보며 이야기를 나누다가 트레이닝 룸에 들어갔다. 아직 시작 시간이 멀었음에도 에란 로비를 비롯한 E팀의 배우들이 모여 있었다.

에란 로비가 몸을 풀고 있는 것이 보였다.

"왔어?"

"일찍 왔네."

"으, 응."

에란 로비도 건우와 같은 나이다 보니 편하게 지내게 되었다.

'많이 친해졌네.'

건우는 살짝 웃었다. 처음에는 경계를 하는 것이 느껴졌지만 지금은 마음을 연 느낌이었다. 차가운 인상이었는데, 겪어보니 의외로 표정이 아주 풍부했다. 가끔씩 자기만의 세계로 빠지는 것 같았지만 그것도 재미있었다.

할리우드에서 사귄 첫 친구라고 봐도 무방했다. 많이 예쁜, 특이한 친구였다.

『톱스타 이건우』 6권에 계속…

초대형 24시 만화방

신간 100%, 샤워실, 흡연실, 수면실(침대석), 커플석, 세탁기 완비

▪ 광명 광명사거리역점 ▪

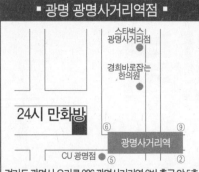

경기도 광명시 오리로 986 광명사거리역 6번 출구 앞 5층
02) 2625-9940 (솔목타워 5층)

▪ 강북 노원역점 ▪

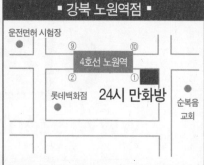

서울 노원구 상계동 340-6 노원역 1번 출구 앞 3층
02) 951-8324 (화용빌딩 3층)

▪ 일산 정발산역점 ▪

라페스타 E동 건너편 먹자골목 내 객잔건물 5층
031) 914-1957

▪ 일산 화정역점 ▪

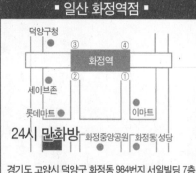

경기도 고양시 덕양구 화정동 984번지 서일빌딩 7층
031) 979-4874 (서일사우나 건물 7층)

▪ 부천 역곡역점 ▪

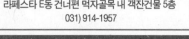

역곡남부역 기업은행 건물 3층
032) 665-5525

▪ 부평역점 ▪

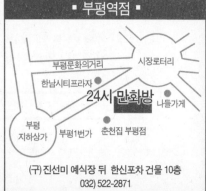

(구) 진선미 예식장 뒤 한신포차 건물 10층
032) 522-2871

魔神教
淘湯文影

천마신교
낙양지부

정보석 新무협 판타지 소설

FANTASTIC ORIENTAL HEROES

무협武俠의 무武란 무엇을 뜻하는가?
바로 자신의 협俠을 강제強制하는 힘이다.

자신을 넘어, 타인을 통해, 천하 끝까지 그 힘이 이른다면,
그것이 곧 신神의 경지.

일개 인간이 입신入神하기 위해
필요한 것은 무엇인가?

지금, 그 답을 찾기 위한
피월려의 서사시가 시작된다!

FUSION FANTASTIC STORY

설경구 장편소설

저니맨 김태식

한 팀에서 오래 머물지 못하고
이 팀, 저 팀을 옮겨 다니는
저니맨(Joruney man)의 대명사, 김태식!
등 떠밀리듯 팀을 옮기기도 수차례.

"이게… 나라고?"

기적과 함께 그의 인생에 찾아온 두 번째 기회!

"이제부터 내가 뛸 팀은 내 의지로 선택한다!"

더 이상의 후회는 없다!
야구 역사를 바꿔놓을
그의 새로운 야구 인생이 펼쳐진다!

Book Publishing CHUNGEORAM

유행이 아닌 자유추구 -
WWW.chungeoram.com

FUSION FANTASTIC STORY
류승현 장편소설
리턴 마스터
2041년, 인류는 귀환자에 의해 멸망했다.
최후의 인류 저항군인 문주한.
그는 인류를 구하고 모든 것을 다시 되돌리기 위하여
회귀의 반지를 이용해 20년 전으로 돌아갔다. 하지만…….
"어째서 다른 인간의 몸으로 돌아온 거지?"
그가 회귀한 곳은 20년 전의 자신도, 지구도 아니었다!
다른 이의 몸으로 판타지 차원에
떨어져 버린 문주한.
그는 과연 인류를 구원할 수 있을 것인가!
Book Publishing CHUNGEORAM
WWW.chungeoram.com